春風伴我行

Spring breeze

藍晶／著

獻給

在平淡生活中

尋覓芬香的人

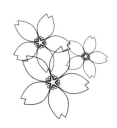

自序

藍晶

這個冬呵！真威風！亞特蘭大這「南方紐約」，居然也飽受肆虐，氣溫低降，大雪封城，教人四、五天在家不得動彈。瞥到積在案頭數月、早已打好理好的六十篇文稿，心想，是該為它們找個歸宿了。

這是繼《聽聽夜籟》和《春語》後的第三本散文集。這回與前兩本最大的不同是，選插了早期在邁阿密投稿《世界日報》的小文，有十六篇，歸入卷一「椰語篇」。至於卷二「松聲篇」則全是旅居亞城期間陸續所寫，日期從一九八九年冬天到二〇一〇年秋天，共三十六篇，為未登入前兩本散文集者。最後一卷「旅遊篇」，即數次回台，一次赴日的拉雜遊記感懷，收了八篇。

時光荏苒，旅居海外已將屆四十年。在孤寂的異鄉生活中，華文寫作是不離不棄的魂之所繫。我珍惜這段身處異邦、卻想念台灣的日子。轉眼，前院已杜鵑成片，在高聳的松林間展豔。熬過嚴冬盼來的春風，額外舒暢。願此小書，也如一陣春風，拂入讀者的心中……

這回承作業繁忙的秀威資訊公司，請出孫偉迪編輯與我連繫，並承理接洽排版、封面設計等事宜，在此獻上深深的感激。

二〇一一年四月十一日　於亞特蘭大

目次

卷二　松聲篇

卷三 旅遊篇

卷一

椰語篇

一個難忘的午後

這裡的中國人好像愈來愈忙了。先生們有工作不說，太太們也先後找到事，上班去了。一到週末，更是各家奔波勞碌，或採購，或清理累積的家務，誰也不敢給誰打個電話，請對方過來聚談，或冒昧要去造訪，怕打擾耽誤了人家。

通常華人的習慣，聚會少不了吃，不燒幾道菜，怎能空口請人家過來？在美國請吃飯是件大事，並非光做幾道菜就成了，還得將室內理出個美國標準，再加上餐具的預備、餐桌的佈置，連同事先的採購、料理，真可把女主人折騰個夠，於是更不敢輕易宴客。但久居異地，總渴望有幾個知己，過來聚會聊聊，孩子們也有玩伴。既然主題是聊天，何必弄上吃的，一番折騰忙碌？摯友宜芳好像也心有同感，上回來電話就說：

「妳不用忙午餐了！我們吃過lunch，再過去玩罷！妳我都有三個小孩，弄吃的太麻煩了！」於是我只須打點室內，預備果汁，就輕輕鬆鬆地迎客了。

我家兩個女兒一看到宜芳的三個孩子下車，就興奮得大叫，她們太久沒有小客人了。大兒子馬上搬出西洋棋、象棋等，在客廳和宜芳的兒子對奕一番。宜芳的大女兒較文靜，我讓她在起居室看《睡美人》的錄影帶。我家兩個女兒就膩上了宜芳的小女兒（很是調皮可愛），到處隨興地玩。分別給他們遞上了涼涼的鳳梨汁，我和宜芳就在廚房聊了起來。突然想起她上回送我的芒果樹苗：

「要不要到後院看看我把妳的芒果樹種在哪，順便逛逛我的菜園子？」

於是一起穿過陽台間，來到臨湖的後院。沿著湖邊坡上，外子種的幾棵橄欖樹，都已高大成蔭。後院一隅是菜園，菜園靠湖那邊，有幾株芭蕉，迎風搖曳，頗有南台灣的味道。我們拿了兩把躺椅，就在橄欖樹下，舒展休憩，邊啜著鳳梨汁，在午後習習的涼風中，有一搭沒一搭地閒聊著。

「妳是怎麼認識妳先生的？是在台灣嗎？」我早就對她先生居然是高大的洋人感到好奇。她笑了：

「我在語文中心教書時，他是我的學生。」她稍沉思，又續道：

「當時我身邊也不乏異性朋友，但只有他真正把我當作『人』，真正傾聽我在說些什麼……不到一年，我就決定非他莫屬了。」

「家人不反對嗎？」

「怎麼不？他們都大驚小怪得不得了，想我如此文靜，居然膽敢下嫁外國人。」

「妳一結婚，就到澳洲去嗎？」我續問道。

「沒有。先去德國住了幾年，再到澳洲。」我又好奇地探問：

「妳和他都是說英文，還是講國語？」聽說她先生精通數國語言，還說得一口標準國語。

「都有。孩子們嫌我英文不夠道地，晚上總是找爸爸唸床邊故事。」我望向波光閃爍的湖心，幽幽地問：

「他好像不大講話，你們少有爭執吧？」她略一遲疑：

「這個難免。不過他也算是好的了，有時會勉強自己來成全我。偶爾邁阿密大學有華人聚會，他並不喜歡，也會陪我去。我去學太極拳時，他在家幫我看小孩。」我想夫妻之間，至少得有一方退讓，才得圓滿。都要爭強，就有好戲了。

我們從婚姻聊到孩子，從台北談到邁阿密，聊到晚霞滿天，夕陽將墜，才猛地回到現實，該是各人準備晚餐的時刻了。喚回在後院奔跑玩球的女孩子們，男孩子在陽台間打乒乓球，也只好叫停。大家互道再見。

這是個難忘的午後，對我、對孩子，都是平淡生活中的一抹絢爛。

一九八七年五月二十六日

又逢鳥語啼春時

南方的春天來得早，一到三月，陽光就燦爛起來。窗外是細碎的鳥語，此起彼落，它們也喜悅著春天的到來吧？放下身邊瑣事，出去看看春天。

南方的鳥鳴特別溫柔呵！在金陽遍洒、晨風輕拂中，聽來格外舒暢（不像北方的大黑鴉那聒噪的「啊——啊——啊——」令人不自在）。綠蔭濃密處，愈唱得殷勤。禁不住抬頭搜尋芳蹤，原來是幾隻外表不起眼的小鳥，灰樸樸的，就像是愈香的花，外表愈淡素吧？

踩著濕軟的草地，吸著湖邊的清新空氣，不再瑟縮，還毋須淌汗，是最舒適的時候。想起昨晚為女兒讀的一本書，是給小孩兒介紹季節的。開頭先說冬天：畫面上白茫茫一片積雪，有幾個戴帽、著靴、裹厚外套、披圍巾的小朋友在乘雪橇，堆雪人。下一頁提到雪融了，土褐色的大地立些咖啡色的樹幹，樹旁小朋友們在煮楓樹糖漿，顯得靜寂枯滯。再翻一頁，頓時滿目舒暢，呵！是春天來了！但見左面是瀅溶溶的綠，有孩子們撐著傘，在煙雨濛濛中看著荷塘上的翠蛙，遠處霧茫茫一片淡綠；右面是春陽普照，幾個小朋友蹲在草地上餵兔子，樹上是或停或飛的小鳥兒，下面的英文字提到：「春天可以是細雨濛濛，也可以是陽光普照。」一邊是溼溼的綠，一邊是暖暖的綠，合起來看是一片綠，一片舒暢怡人的綠！這就是春天！

以前在學校，讀到朱自清的〈春〉，只把它當課文般背誦：「盼望著，盼望著，東風來了，春天的腳步近了……」何嘗真正去感受過春天的氣息？來到海外，才開始享受春天。年歲漸長，漸珍惜這一年一度的春光。清晨起來，先推門外出，去覽遍春天的淡雅明媚，體會她的舒爽，唯恐她輕快地溜走。不禁憶起中學時代愛哼的：「遠山含笑，春水綠波映小橋……綠蔭深處聞啼鳥……」

一九八七年三月二十三日

四十年華

女人好像過了三十九歲，就巴不得將芳齡永恆地停在那兒，極不情願邁入四十大關。三十幾歲的女人總還保有風韻，但一般提到四十幾歲的女人，似乎沒什麼吸引力了。「四十」好像黯淡了青春煥發的光采，漸呈現出灰樸、乾枯，再讓無情的歲月添皺增紋，可怕的老態就無聲無息地悄悄襲來。進入四十，怎不讓女人膽戰心驚？

愛美的女人，豈甘於青春在臉上消逝？於是費盡心機地巧粧豔抹，重造青春的魅力；穿著高雅華麗，再保青春的風韻；加上耀目珠寶的佩戴，更增添不少光采。女人的聰明，幾乎可以把上天奪去的，又都彌補回來。但內在的心智方面，難道不須改進嗎？

一般說來，女孩子從出生起，就比男孩子早熟（身心皆如是），一直到結婚後，其心智進展才遲緩下來。有不少女人，到了四、五十歲，其談吐、做人、處世，依然不夠恰當、沉穩、篤定，依然一再犯錯。許多女人，婚後就鬆懈了學識方面的充實，自然腦力退化，言語乏味了。

去年，我還在某公司上班時，遇到一位新來的女同事，是屬於嬌小玲瓏型的義大利女人。黑髮烏眼，身材勻稱，五官端麗，極懂得穿著打扮，說話如鶯啼，婉轉嬌亮，非常引人喜愛。在濃粧下，透出青春的光采，看來好像三十出頭。有一回，她不經意地吐露芳齡，使我大吃一驚，原來她已五十有二了！她這保住青春的本領，真可媲美瓊考琳絲。但漸漸地，我發現她不但保住了青春，連帶也保住了年輕人的幼稚和浮躁。她依然會驚慌失措，依然會說出不當的話語，依然會犯錯，是五十歲的人不該犯的錯……這些使我很為她惋惜，很為她叫屈。我原很喜愛她的外表，她一來，全室都亮麗起來；但不夠沉穩的內涵，使美麗的外表變得沒有意義，豈不可嘆？

上月中，我極不情願地度過了四十歲生日。但願四十歲，不全代表青春的消逝，而是智慧的開始。除了儘可能留住青春的餘暉外，但願能在各方面更臻成熟穩當，散發四十年華的光芒。

一九八八年三月四日

寶寶的第一本書

一個週日下午，我在百貨公司的玩具部細細掃瞄各式玩具，一直想找個叮噹響的音樂盒子，給五個月大的寶寶當床邊玩具。最好不要太大，會佔空間，也不要太硬，會不慎撞到。以前大兒子有一隻藍鳥，可垂掛床欄，附有吊環，兒子伸手可及，會自己拉音樂。後來兩個女兒先後來臨，也無數次地讓藍鳥唱出了〈天使之歌〉。歷經三劫，這隻藍鳥已嘶啞無聲，告老退休了。這次尋覓，就是要找個類似的小東西，有音樂流出。結果很失望，都不妥當，大概玩具業年年淘舊換新，不能再執著去找某樣東西了。於是看看有什麼新產品？忽然眼前一亮，就在嬰兒玩具一角，瞥見了一本布做的五彩書。既然沒有音樂，有耀目的顏色也不錯，於是毫不猶豫地買下了。

拆了包裝，呈現眼前的是一本摸起來好軟的嬰兒書。封面是一隻紅色的浣熊釣起一尾粉紅的小魚，前面是一灘藍色的湖，湖面上罩著藍布網子，背景是綠草藍天。翻開來左面是一棵綠樹，樹上用紅絨布貼了一個大蘋果；掀開蘋果，裡面有隻黃鳥在唱歌，樹下蹲著一隻粉紅的小松鼠。右面是一隻小狗仰望山上的白雲，雲是用白地毯鋪的；把雲打開，有一隻白綿羊……又一頁是蜜蜂和白蕾絲圈成的花……最後一頁是絨布包的玉蜀黍，封底是白亮漆布貼的雪人……我一頁頁地打開來讓寶寶欣賞，她樂得用小肥手直抓，顯然她喜歡這本小書。

家中似乎人人愛書。老爺房中幾個書櫥擠滿了電腦書、數學書、佛學書等等；兒子房中的落地書架也排滿了各種青少年讀物；兩個女兒房內充塞了圖畫書、故事書；家中客廳無字畫、無酒櫥，醒目的是排排的落地書櫥；連餐廳的櫥櫃也不擺餐具，都列滿了烹飪食譜。真是書香滿家！有時孩子們生日，我和外子都愛買書當生日禮物，孩子們也樂於接受。倒是若有他們的朋友生日，我們要買書，他們就抗議了：

「人家美國人不喜歡書，他們喜歡打開來是新奇的玩具或什麼的。」

有一回老爺一本他的作風：

「玩具有什麼用？書才好呢！有無盡的永恆價值。」於是硬給兒子的好朋友準備了一本大字典。

這次原想給家中的寶寶添個玩具，想不到買來的也是書。小床一時寧靜下來。

回過頭去，寶寶的胖臉頰已貼在白地毯鋪的白雲上睡著了。寶寶睡覺，輪到媽媽看書了。

一九八八年九月十九日

尋尋覓覓

家中的二女兒一向活潑好動又迷糊。前幾天放學回來，照往常，坐著乖乖寫功課。她動作奇快，沒幾下，就劃好了。拿到我面前一晃，英文字母還過得去，塗色凌亂了些。反正是幼稚園生，不苛求她。我連誇寫得好：

「拿去收在書夾裡！媽媽在忙寶寶呢！」我想這事簡單，她會辦得好。

拉雜理過一些瑣事，再去檢查她背包裡的書夾，居然空空如也。心中詫異，喚她來問：

「妳倒底放進去沒有？怎麼不見了？」她只無所事事地回說：

「不知道！」怎麼問，都沒有苗頭，只有自己動手找去。

於是全家大小房間她可能光臨的地方都搜尋，數十個抽屜也拉開審查。就是奇怪，偏偏不見蹤影，難不成像賈寶玉的通靈寶貝，匿到青埂峰去了？自己身邊還有諸多雜事待辦，總不能為一張小紙頭拖住。但找不出來，心中老像卡著小石頭般下不來。想想自己小時候多規矩，哪有這種迷糊事發生？於是一有空檔，就翻翻尋尋。到了晚上，依然芳蹤杳然，只好無奈地給老師寫個紙條：寫好的功課在家遺失，等尋獲再繳上。

找不到東西是最教人納悶的事，而找到後的喜悅，又是無可比擬。數年前，大女兒一隻狄斯耐的小飛象不翼而飛，全屋子翻遍就是沒有蹤影。這隻象有半個手臂高，又不是一根針，會藏到哪兒去呢？女兒沒有象不能睡，真是急人！連她爸爸也動手找……一個月後，我在換洗沙發坐墊套時，才赫然驚見這隻飛象被緊壓在坐墊下。它若有生命，會好笑人類的空忙碌：

「我還不是在屋子裡，並沒有遺失呀！只是你們一時看不到我罷了。」

其實天下的東西哪裡有遺失的？只是悄悄地匿在某個角落，「緣份」到了，人們才和它重逢。照佛法上來說，原無所謂遺失，無所謂尋獲。就像菩提自性，人人皆有，無失亦無得，只是迷時藏，悟時顯罷了。想到此，也就心無掛礙。還有一個花布小枕頭，「消失」了兩年，等著某日和它見面吧！

一九八八年十月七日

我愛中年

好像還沒年輕個夠，就被推向中年。不得不告別三十幾，進入原先害怕的四十幾。這些年來，倒也過得安安穩穩，漸嘗出當中年人的滋味來。

回想過去的童年時期、少女時代，甚至少婦時期，都是可憐而又可笑的。自卑感是緊緊附身的幽魂，畏縮猶豫是我的特性。是嚴格的家教使我害怕犯錯嗎（另方面卻養成了我聽話的「好德性」）？害羞更嚴重地阻礙了我的社交。從小，只要有客人來訪，就唯恐躲不及。有一回，一位聒噪的女同學來，我乾脆躲到廁所去……可笑的事情太多。在學校裡，最怕上台演講，只好拿著講稿擋著，實在無法接觸外人的眼光啊！可憐以前從不敢平直地將對方盯個夠，總是低頭嘛！內心實在詫異一些外省籍女孩子能如此鋒頭矯健，談笑風生，還能衝著老師取樂一番。怎麼我就是做不來？大學時代受限較少，但自己的心理障礙仍大，根本不敢去交男朋友，任何邀約都急急推掉，不知倒底害怕什麼？

結婚後，還是經常逢人遇事慌張失措，毫無自信；依然懦弱畏縮，還沒進一步就退三步。這種個性在美國社會是十分不合格的。不知道是否在這新大陸住久了，才漸學上美國人的開朗樂觀、自信奮發的精神？還是年歲漸長，一切驚慌失措就自然沉澱？觀今憶昔，才覺目前較過去平穩不少。

外子去年秋末離開邁阿密到喬州工作去，我一人帶著四個孩子在此挑大樑，賣房子。正逢市場不景氣，這棟五間臥室的湖邊洋房居然乏人問津，數月來毫無進展。這半年來，除了當好家庭主婦外，還兼秀房子、掌理帳單、保養汽車、跑銀行、上郵局、接送小孩、收房租……大大小小、拉雜瑣碎都得包攬，倒也面不改色，應付自如。人類原來有許多潛能，只是沒機會發揮吧？

兩年多前，外子鼓勵我去上半天班學當店員，這不就是讓我去面對熙來攘往的顧客嗎？起初相當猶豫，思索一陣，為了將就時間地點，還是當店員方便，只得壯著膽子，厚著臉皮去了。真得感謝這一年多的工作經驗，使我能抬起頭來，面帶微笑去迎接眾人。目前，在此獨撐大局，哪天不和洋人周旋打交道？從房地產經紀人、銀行職員、房客到汽車機械師、油漆工人、木匠等等，都是面談或透過電話質詢、催逼的對象。單純輕信的心已漸被現實磨得謹慎多防。過去那份依賴怕事的性格已漸趨完整獨立。當我流著汗，把前院一片野草叢生的角落闢成雅潔的花園時，心中真是愛上勞動所帶來的成果。當油漆匠前來粉刷全屋時，我不能袖手旁觀，多少拉雜瑣碎事得自己動手。為了挪書架，整面牆的書得自己運進運出……感謝天！一樁樁的苦差事都過了，過得心中平淡無痕。

假如懂得享受中年，這段時期該是人生最恬適的時候。若勤於運動，善於保養，中年人的健康該無大礙。這時子女一般都上了中小學，空閒的時間增多，可以專心發展自己的喜好。由於心態穩定，對外界的變遷常能無動於衷。管他長裙短裙，時髦還是過時，中年婦女可自信地穿出自己的風格，不像年輕時候盲目地崇拜時尚，跟隨潮流。對於事理的分析會持多種角度去觀察評論，而不是年輕時的一廂情願、狹窄偏袒。在心靈上，中年是相當舒適的時期。當然也有人年少老成，也有人到了中年，還是滾動的石頭……

人該是每天在學習，日新又新，才活得有意義。中年並不是開始走下坡，而是通向老年睿智的曙光。

一九八九年五月十日

書生主婦

過去，讀了十多年書，成了十足的書生，看到好書就喜悅；婚後十多年來，成了標準的家庭主婦，卻依然不愛下廚房，提到燒菜就頭痛。最怕老爺喜孜孜地問：「晚上吃什麼？」也怕孩子們期待地問："Mommy! What's for supper?" 我的天！我被迫成了燒菜的機器，每天得在爐台邊奮戰，不准停工，還得變出不同的菜式，以滿足家人好奇的口腹。也許對於很多女人，烹調是天經地義的事，每天下廚房可能是一番喜悅，一種奉獻。對於怕做羹湯的我，燒菜就成了非常勉強的難事了。

所謂「拙婦偏遇刁夫」，婚後，才發現他的飲食不是好伺候的。餐餐愛吃絞盡腦汁、用盡技巧、小心調理出來的精緻菜，而不是隨意撥弄的馬虎菜就可過關。新婚時，我這從未琢磨過的「技巧」自然不夠格「獻寶」，只得乖乖靠邊站，由他親自下廚，做幾道在他看來「可以吃」的菜。同時，他開始慷慨地買下各種食譜，讓我從書中領略烹飪技巧。一方面又責怪我，怎不在台北惡補一番才來呢？我倒暗怪此人與眾不同，吃一餐飯還得如此折騰，哪像我果汁麵包就可解決。漸漸地，我身邊幾乎聚全了所有傅培梅的食譜，他巴不得我成為「傅培梅第二」呢！

有了食譜，就得學以致用。剛開始，我幾乎是一板一眼、一瓢一匙地依樣畫葫蘆，往往做出中看而不一定中吃的「死菜」。後來慢慢領悟到燒菜原是藝術，而非科學，適度的調整是必要的。日積月累的心領神會之後，只要瞄一眼食譜的大綱，就可在爐上運作自如，毋須死記幾匙醬油幾匙糖了。從此柳暗花明，烹調的歷程漸現曙光，漸能做出生動的菜餚。偶爾邀友共餐，也稍能調理出像樣的菜，大家吃得高興，賓主盡歡。外子知我生性柔弱，不慣處理大場面，每次宴客，也只是一、兩個家庭，不敢大張聲勢，大會客。所以到目前為止，我的廚房「獻藝」，僅限於小家碧玉式的。

話說婚後在廚房忙碌穿梭了十多年，被迫學會了弄點像樣的菜，心中卻從不以身在廚房為樂。每次燒菜前的洗洗切切，燒菜後的刷刷洗洗，前後得磨上兩個多鐘頭，要不是為了解決家人的民生問題，真不願將時光耗費在與水火奮戰的雜事上。往往巴不得快快做完，在廚房呈現一片光潔之後，快快開溜，到屋外綠蔭小徑上散散步，或回到久別的書桌前，寫寫日記雜感。不論一天做了多少大小瑣事，總得抽空讀點書、看點報、寫點字，才覺一天不白過。也許這點書生本色，不大合適當全職的家庭主婦吧？

近來年歲漸長，漸學著理智，深感家庭主婦的重要性。為了全家人的健康，在飲食的調配上該投入更多的心力；為了室內的整潔美觀，在洗刷打掃上該更加勤快。於是主動犧牲了許多讀寫的時間。偶爾在報上瞥見喜愛的短文，也快速剪下，收在書架上，有額外的時間，才盡情去看。最近著重心性修養，學著對任何須做的事都覺喜愛，不生厭煩。在沉入靜態的消遣之餘，能有機會做做家事，活動筋骨，能不感謝嗎？

一九八八年五月二十一日

水彩的喜悅

隔壁一家，上紐約度假去了，我們家五歲的女兒，也暫時沒了玩伴。平日，和鄰家那同齡的金髮女孩，幾乎天天在一起，一道玩娃娃、辦家家酒的，現在可若有所失。為了填補她的空虛，帶她逛兒童書店去。

這家書店不僅有五彩繽紛的兒童書，還有各類琳瑯滿目的玩具、遊戲組合、勞作用品、課堂材料等等。進口處，還有一小型遊樂場，真是個兒童的大觀園。我讓她自在逛去，自己也趁空瀏覽。忽然在架上瞥見一盒盒水彩，心中一動，何不給她一盒水彩？讓她試著揮洒塗抹，比起乾澀的蠟筆，還來得鮮活有趣呢！

冬陽將南窗下的小書桌照得溫暖明亮，女兒興奮地坐在桌前握筆蘸色，試著要在剛遞給她的一疊白紙上，塗下喜愛的色彩。我給她半杯水，用來洗筆換色。她開始專注地嘗試她的新鮮事，我也自顧地忙家務去了。片刻後，正在洗衣間刷襯衫時，她蹦蹦跳跳地來了，揚起一張作品要我瞧。哇！是張半抽象的花呢！有紫紅、粉紅、淡藍、嫩黃、翠綠等一團團很柔和地偎在一起，形成一簇和諧的美。我很驚訝她小小年紀，就能將最美的顏色（在女人看來）搭配在一起，於是連口稱讚：「妮妮好棒啊！畫得真漂亮呢！」她漲滿了喜悅，連蹦帶跳地又趕去畫第二張。

記得兒子（現在是七年級生）小時候，常愛用褐色或土黃色，塗上一大片的，畫面常呈現枯萎感，不甚鮮活，我不頂滿意，有時建議他多用用藍綠色，他執拗，還辯說：「地面自然該是土黃色，樹幹不都是褐色的嗎？」也許他沒錯，也許男孩子比較現實，不像女孩子喜歡捕捉虛幻的美，如那天空多變的晚霞、那稍看即杳的彩虹、那閃爍顫動的露珠、那晃著五彩的泡沫……那些都不長久，都不是永恆，偏因它迷人的色彩，使女人為之神癡。花開花謝，女人偏愛花，而人類居住的這片大地，堅固恆久，沒人去特別留意。黃黃的，什麼好看呢？雖然現代人已儘可能將居住的大地鋪成綠草如茵，但吸引人們的還是草地上的姹紫嫣紅。

忽然想起那四年珍貴的大學時光，最教我懷念的不就是那年年在春初蔚成花海的杜鵑嗎？總在寒假後返校辦理下學期註冊時，就尋到了她的芳蹤。在冬意尚存的天氣裡，三三兩兩地點綴在棕櫚大道的兩旁。近辦公大樓處，有幾簇白的，開得特早，滿滿地，清新得像雪，常凝視許久，不忍稍離，怕她像雪，會化了似的。開學後，天氣漸暖，杜鵑漸綻放得茂密。粉的、白的、紅的、紫的都出來了，將校園點綴成多采多姿的錦繡世界，煞是美觀。記得普三教室外有幾簇杜鵑，大部份是紅的、粉的、紫的偎擠在一起，開得鬧火火地，甚為奪目！上課時，常情不自禁去瞧瞧窗外，每次總有驚豔之感。都是十多年前的往事了，那些杜鵑依然在春天繁盛如昔吧？

大概是身為女人，雖已年近不惑，對花的迷戀並未稍減。於是在前院種了一棵玫瑰、一株梔子花和一株嬌小的杜鵑，聊釋鄉愁（每樣都只一株，因外子不愛花，不能太放肆）。愛花的人，至少有個特質，就是對顏色的美特別敏感；愛畫的人，也一樣吧？記得以前在大一時，系主任請來油畫家席德進先生到系上演講。他一晃進來，我們都愣了。因為他上身穿的是深紫色的襯衫，結上翠綠色的寬領帶，好耀眼！誰都沒看過這種打扮，他偏穿出來了，真是不同凡響。那時他剛從巴黎回來不久，展出的幻燈片俱是民俗色調濃烈的色彩，全是暖色調，大紅、橘紅、暗紅、褐黃之類的，表現他對中國鄉土那份摯烈的愛。在此又想起另一位已故大畫家藍蔭鼎先生，也愛畫鄉土作品，因他用的是水彩，看來比較舒爽，作風也較恬淡，沒那麼濃烈。

小學六年級時，有幸和藍先生的女兒同班。有一回，她生日，受邀和數位同學上她家吃生日宴，自然也見到了慈祥的藍先生。印象中，彷彿參觀了他的畫室，因屬久遠的往事，不記得看了些什麼？只依稀記得客廳牆上一幅水彩畫，畫中水波盪漾，畫得透明清晰，美極了！她女兒也能畫，在校中美術、勞作都相當傑出。有一回勞作課要鉤毛線帽，她的特別美，原來她帽子的顏色搭配得相當清新別致，淡藍、粉紅、嫩黃等都用上了，就像今天我家妮妮的畫一樣，都是女人喜愛的顏色。

愈想愈遠，不久，兒子放學回來了。女兒迫不及待，趕快獻寶，從她新得到的水彩盒，到她作的幾張畫，統統展給哥哥看。這位哥哥看了，居然也雅興大發（好久沒見他動畫筆），親自下筆畫出一張給妹妹瞧。稍後，我過去給小妮收拾書桌，才瞥見兒子的「大作」，不禁失笑。原來本色未改，依然是一大片的土褐色。只見黃色的屋子，黑框框的窗子，褐色的屋頂。也有如茵的草地，但卻縱橫著寬寬的土色汽車道和人行道；也有成蔭的綠樹，卻只是一小簇夾在肥大的褐色樹幹上，顯得綠瘦褐肥。背景是深藍的天空和黃色的太陽，浮著一朵黑框的白雲，一副黯淡欲雨的模樣。好像少了什麼？遍尋不到紅色，原來沒有花。這時女兒過來，說她想畫一張彩虹。畫去吧！Why not？我半信半疑地想，她會麼？

過去我曾畫過彩虹給她看，她倒從未自己試過。不久，妮妮進廚房來，遞給我看，果然是彩虹！畫得比我的還鮮麗有趣呢！她居然能大致依那七色的順序，每條色帶都相當肥大，很自然地扭成半圓形，七色的形狀都扭得一樣，且都相接，形成好可愛的半圈肥彩虹，不像我以前細細的畫得那麼呆板，真是青出於藍。她很興奮地問：

「好不好？」我忙答道：「太好了！」

「等爸爸回來，我要給他看！」說得好響亮。

一九八六年一月十八日

永生

晚餐後，一切收拾停當，正在起居室坐著閒看世界日報時，五歲的女兒照常又靠過來膩著我問長問短了。她的小腦袋裡總有問不完的問題。今晚，又聽她開腔了：

「媽咪，您小時候誰照顧您呢？」

「我的媽媽呀！」我順口答道。

「那麼爹地小時候呢？」

「自然是爹地的媽媽。就是奶奶嘛！上回她還來這裡住好久，記得嗎？」

她點點頭，續問道：

「爹地的爸爸在哪裡呢？」

「他住在台北。上星期爹地才和他通電話呢！」她還是沒完，又一句：

「那麼，您的爸爸呢？」我一愣，內心些微抽痛，放下報紙，不知如何啟口。半晌，只幽幽地說：

「他不在了。」女兒雙眉豎起問號：

「什麼叫『不在了』？」

「就是去世了。」

「為什麼他會去世？」

「他生病。」

「為什麼生病？」

「他工作太多，太勞累。」她眼珠一轉，又盯著我問：

「媽咪，您也是工作太多嗎？」當然她體會到了，每天總看到我辛勤地在廚房忙碌，又到處做些瑣碎雜務。我瞥她一眼：

「就是嘛！媽媽做太多了，你們要聽話，玩具自己得收好，讓媽媽多休息。」她臉一沉，思索片刻後問：

「您太勞累，也會死嗎？」這時，在一旁看電視的大兒子插嘴了：

「當然會！小傻瓜！人都會死的，早晚都會。若不生病，也可能有意外事件，譬如車禍、飛機失事……」愈說愈不像了，忙被我喝住。這時女兒已眼眶通紅，滿眼淚水地哽泣道：

「媽咪，假如您不在，誰要照顧我？」

「妳會長大的，將來妳得照顧妳自己的家庭，哪裡還需要媽媽？」這個整天跟前跟後黏著我的小女孩，實在很難自己想像有天她可以不需要媽媽。

「但我不要您不在。」這時兒子又在一旁調侃她，弄得她嗚嗚咽咽地往走廊隱去，我不安地隨後跟著。

只見她推開書房的門，原來要去找她的寶貝爸爸解惑釋疑了。我好奇地貼著門豎耳傾聽這位總是護她、順她、寵她，而且有求必應的寶貝爸爸如何安撫他的掌上明珠。只聽女兒抽泣道：

「爹地！每個人都會死嗎？媽咪也會，爹地也會嗎？」此時傳來他慣有的大嗓門：

「怎麼會？當然不會，我們都不會。妳不見媽咪和爹地每天早上都喝紅蘿蔔汁嗎？我們會長生不老呢！怎麼妳總是不愛喝？明天早上讓媽咪弄給妳喝喝看，連你都長生不老呢！」這時女兒已破涕為笑地出來了，滿臉煥著光采，對我提醒：

「媽咪！明天早上我要喝紅蘿蔔汁，記得啊！」這時才醒悟，對孩子不能呆板地說直話，要施點技巧。還是這位爸爸行，他總有本事帶給女兒快樂。

子曰：「不知生，焉知死？」我們平日忙得緊，也忙得快活，哪有空檔作杞人之憂？只要內心常存健康的信念，就是心靈上的永生了。

一九八六年一月六日

漫步閒趣

來美一晃十多年，從四季分明的康州到終年常綠的佛州。不管北方、南方，可喜的是，都能幽居在景色怡人的郊區。想起以前悶在喧囂繁忙的大台北時，只有週末，才能上到陽明山透透氣，也是人擠人的。當初曾在日記本上謅道：

不再逛街，煩膩！
不想看電影，奢華！
只盼幽居茅舍，後倚竹林，前臨荷塘
當夏日炎炎，竹風送爽，荷花飄香
慵倚柳旁，看倦紅樓，換本老殘

來到美國，總算宿願得償，和大自然住在一起，得以時時互通聲息。或清晨，或黃昏，只要不雪不雨，就牽著孩子外出漫遊去。

十多年前，帶的是大兒子，在季節分明的康州。寒冬往往籠罩半年之久；雪融後，我就迫不及待從久蟄的屋中推出嬰兒車，帶兒子出去接觸窗外的世界。

溫莎鎮的春天，美得像仙境。皎白的、粉紅的山茱萸，綻放得到處都是，在冬雪洗過的大自然裡，更顯得清新脫俗。我推著兒子到處走，那裡的房子大都屬於早期殖民地式的，都有大片雅緻的格子窗。窗外常擁簇著各種灌木叢，再綴以各色小花。家家有其不同的庭院佈置，都是別具巧思，清雅自然。

有回春天，帶兒子迂迴地繞到一家前院，驀然驚見一樹白花，綻放得濃密密地，醇香醉人，原來是李樹，一大群蜜蜂正嗡嗡地鬧著……好個春天！走著走著，還賞到了美豔的桃花，怪不得詩人要說：「人面桃花相映紅」了，那種充滿青春氣息的桃紅，怎不聯想起少女呢？

春末夏初，桃子、李子各種果實落了滿地，兒子常邊走邊揀，在豔麗的陽光裡。北方的夏天比較短暫，但也著實燠熱了一陣。那時的孩子沒有功課壓力，經常消遙自在地，到了暑假，更輕鬆得滿地野。一個悶熱的午後，我帶著兒子跟一群洋小孩看他們拿網撲蝶，盯著美麗的大彩蝶又追又叫的，真有趣！柵欄邊，庭園裡，處處可看到夏日的玫瑰，紅豔誘人地伸展芳姿，撩人注目……

到了九月初，暑氣漸褪，樹梢開始轉紅，風透涼意，秋來了！群綠漸蛻變出各種不同的色彩，有金黃、橘紅、火紅、深紅、淺褐等群色交雜，放眼望去，令人目眩，美不勝收。這就是新英格蘭著名的秋啊！在紅彩繽紛的秋景中漫步，恰如置身畫中，莫辨真幻了。喜愛攝影的我，常攜了相機，出門捕捉秋景去。那段期間，留了不少佳作。記得一張是一條迂迴的小路，路旁秋色歷歷，有變黃的白樺、顯金黃的榆、成橘紅和火紅的楓、轉褐色的山胡桃和常綠的樅，背景是淡藍的天，顯得秋色迷人。一張是兒子奔跑於遍地黃葉中，頭髮飛揚……美麗常是短暫的，秋樹在紅遍後，就紛紛掉落，這時家家戶戶忙著掃葉子。我們家對面有棵大楓樹，在豔極一時之後，就開始片片洒落，落得前院紅葉成堆。女主人是位年輕的鋼琴老師，常任她兒子和那條大狗在前院玩滾嬉戲，玩得埋進落葉堆裡，盡了興，才掃葉子。葉子落得只剩光禿的枝椏時，雪的芳蹤就來了。大家進屋取暖去，暫別大自然。

皓雪紛紛地在封凍大地時是散步不來的。逼人的寒氣使人瑟縮，上班、購物者常不得不從暖氣屋出來，再急急鑽入暖氣車裡去。有回我在幫外子鏟完雪後，一時興起，想堆個雪人，戴著厚手套沒全堆好，自己差點也凍成雪人。這皚皚的銀妝世界啊！無法親近，只能從格子窗裡欣賞了。耶誕節近時，我們坐著暖氣車，到處瀏覽家家庭院前那眨呀眨的耶誕燈飾，在空寂的寒夜裡，頓添了歡愉溫暖的佳節氣氛。

南遷後，再看不到白雪、紅葉、山茱萸，沒有桃李爭豔的春天，也無絢爛多彩的秋色，更無粉妝玉琢的冬景。邁阿密是滿目皆綠：筆直的棕櫚、闊葉的芭蕉，亭立的木瓜樹、結實纍纍的椰子樹，還有形形色色各樣熱帶樹，都粗大油綠地在豔陽下茁壯。假如我住過南台灣，會以為回到了故鄉。六月間，橫伸如巨傘般的鳳凰木開始燃燒了，紅豔的鳳凰花如炭火般灼飾了這濱海城市。

因終年常綠，分不清四季，隨時能出去郊遊。推開門，豔陽、綠樹、鳥語總等著你。連冬天都舒暢得不用披大衣。牽著兩個女兒，到綠樹成蔭的小徑上閒步，看她們一路摘野花、拾枯枝、追小狗、覓小貓地，玩得好不快活自在。清晨聽鳥語，黃昏看夕陽，在繁忙的現代生活中，抽空接觸大自然，是多美的調劑！

一九八六年八月八日

美的感受

有一陣子，在趕赴上半天班的黃昏途中，總會經過一個大湖。湖邊椰樹林立，搖曳生姿，在落日餘暉中，構成一幅好美的畫面。每次再急、再趕，都會忍不住去瞥幾眼，欣賞一番。

家庭主婦再加個半天班，生活是相當緊湊的。往往四點半就得弄好全家人的晚餐，再匆匆換裝、打點，加上對孩子們的瑣碎叮嚀，就得上路去趕五點的打卡，美國上司不愛人遲到的。所以每次開車的心情並不悠閒，但那一灣湖水和椰林，常留在記憶裡。我想不是每個開車路過的人都會去留意。有些景致，當地人可能看慣了，覺得是自然天成，沒去特別珍惜，也無額外的感受。就像以前在北方時，那燦爛的秋景，當地人不見得特別珍貴愛惜吧？

南佛州是相當得天獨厚的。當美國大部份地區正和隆冬奮鬥時，她依然豔陽普照，和風徐徐，教人忘了寒冷是什麼滋味。但從小在這裡長大的，以為冬天就該如此舒暢，不會去感受它的可貴。沒住過大城市的人，以為新鮮的空氣是理所當然。經常有子女環繞的人，不知道子女那天真的笑靨多麼可愛難得！

還有一種美不是可以用五官去感受，而得用心靈去體會，那就是愛心了。你身旁最親近的人，孜孜不倦地在崗位上為撫養家庭貢獻心力，永恆不輟，那份誠心散發的愛，才是最令人震撼的美！

一九八九年二月十四日

蛋湖

美國的蛋真是便宜。用貼了綠票的折價券去換，不到三毛錢就能買一打。孩子們在家時，煎蛋配上一些生菜沙拉，就是三明治外最簡便的一餐。

因為怕腥，把生蛋打下熱油鍋時，就用鏟子將蛋黃攪破，讓它四下散去，免得厚厚一團熟不透。又不能太僵硬，見四周蛋白稍凝，就迅速翻面再煎煎。有一回想確定蛋黃是否都熟透了，再多翻一次，這下可有趣了！在蛋黃部份居然下陷成個漥地。盛在盤子裡，淋上醬油，看來像一面湖。於是趕緊喚孩子們過來瞧：

「妮妮！麗麗！來看媽媽的蛋，上面有湖呢！」

她們聞聲趕來，都哇哇叫：

「媽咪！我要吃湖！」

「媽咪！再給我弄個有湖的蛋！」

我如法炮製，居然每次都有大小不等的湖，使吃蛋成了頂有趣的一檔事。偶爾「失手」，蛋面平平不見湖泊，她們就吃得若有所失，那盤煎蛋也身價下跌了。

不知什麼時候開始，我們對蛋都膩了。我不吃，孩子們也不吃。她們愛上麵條和生黃瓜。給孩子們準備膳食，總以營養、簡單、省事為原則。過於繁複的，她們反而不能欣賞。最受喜愛的麵條「料理」是光麵和醬麵。前者白煮後洒點鹽和香蔴油拌拌，她們就吃得乾乾淨淨；後者就是裹上炒香的甜麵醬，配上一撮黃瓜絲，就是美味的一餐。偶爾燴上幾色簡單的菜蔬，來個大滷麵，她們也喜歡。倒是太油膩的炒麵吃不來。老是細長的麵條，會顯得單調，有時就採購不同形態的乾麵，如三色的螺旋麵（分別以菠菜、蕃茄等製成的綠、紅、白三色）、貝殼麵、蛋味麵等等。不同形狀總帶給她們新鮮有趣的感受。

常和麵食搭配的生黃瓜，除了刨絲，還可剖開切片。去籽的半圓形叫「彩虹」，不去籽的半圓形叫「月亮」，切成長條的叫「棍子」。各有名稱，經常給她們驚奇。有時問她們：「要彩虹還是月亮？」不明就裡的外人大概聽得莫名其妙。

昨天中午，理完了家事，飢腸轆轆，不得不到廚房給自己打點吃的。奇怪！伺候自己總沒有伺候別人來得勤快，總是能省事就省事。想起久違的煎蛋，何不再試試？

又快又撐飽。這下翻了又翻，居然翻弄出三個窪地。上幼稚園的小麗正好回來，趕緊喚她：

「麗麗！來看看媽媽這裡有三個蛋湖呢！」

「媽咪！我也要一份！」

「好！不知道會弄出幾個湖？」

一九八九年二月十日

讓孩子學做家事

不久前，外子從健康食品店買回一袋黃豆（做豆腐用），同袋內的底層還裝些紅豆（真是離奇事，忘了分袋裝）。我不知就裡，將這袋黃豆提起就往罐裡倒，這下可好，紅黃豆全混在一起了。每回要做豆腐，得抓出一把，再將紅豆一顆顆地揀出，實在煩人！現代的主婦，即使不上班，也是雜事滿滿，焉有閒功夫去揀豆子？一日，偶然瞥見兒子和女兒閒在家中無聊，靈機一動，何不讓他們做去？於是一人一碗，興致勃勃地埋頭分豆子。十二歲的兒子做得很熟練，不到五歲的女兒也用她的小手揀得很靈巧。沒多久功夫，他們竟然全分好了，我也了卻一樁心事。從此，不再低估孩子的做事能力。

女兒未出世前，兒子一直是家中的寶貝。許多大小瑣事，都是我幫他料理得妥妥當當。直到有了妹妹，他才不得不學著自己洗澡、自己繫鞋帶……我驚覺過去為兒子做太多了，幾乎使他變成無能，多可怕的縱容！發現女兒也會「揀豆子」後，我漸分些家中小事讓她試著做。女孩子的手果然靈巧許多，洗淨的手帕、小毛巾，她可以摺得有稜有角，再分送到各個房間。玩過的積木、看過的書本，她都會收回原處。畢竟是女孩子，喜歡跟著媽媽在廚房轉。我做什麼，她也要湊一份。若是上一代的母親，可能嫌礙事，把小孩子喝開了，但現在的我開始用另一個角度來看孩子。小孩都是好奇的，有太多的東西待學習，為何要阻止他們呢？於是我揉麵時，也用舊麵粉做一小塊讓妮妮揉去；搗馬鈴薯泥時，也分出一小團讓她搗去；剝蛋殼時，也分一個讓她剝去……當然，並非事事讓她「分享」，有些孩子不能碰的，只好溫和地對她說：「妳還小，看媽媽做吧！」於是做蛋糕打蛋糊時，她只能眼睜睜看我依次把牛油、蜂蜜、雞蛋等打進去，她不能碰，卻不斷地問：「媽媽，這是什麼？那是什麼……」她瞧得過癮，也問得起勁，直到成品進烤箱。

此外，妮妮經常發現我在洗碗盤，多次要洗，我卻不許她上來湊熱鬧。上班的婦女可能一天只洗一大次，而在家的主婦就瑣瑣碎碎地一天不知洗幾次。何況婆婆在此，也不便太偷懶。小妮總是看而不能碰。一天，趁我不留意，居然自己推張椅子靠到水池邊，爬上去興致勃勃地擦洗起來。我見到大驚，湊去看，還好是她自己用的塑膠盤子。從此我警告她：只有塑膠的行，別的不能碰！原來她如此喜愛家事，而不知有多少婚後的女人成天埋怨家事呢！興趣要從小培養，來得自然。長大了，再被逼著去做，就索然無味了。讓孩子分擔家事的要訣是：必須他們自動地喜歡做，而不是受驅使。不管是幫大忙、幫小忙，甚或幫倒忙，都不要緊。重要的是他們做了，在興致中做了，從趣味中自然學習了。讓她們知道：除了彈琴、學舞、練球之外，也有好多有趣的事情可以做。

在現代生活中，男孩子也一樣該受些家事訓練。做不來太細巧的，可以做些粗活。我家男孩已開始分到擦玻璃門的工作。家中玻璃門有好幾面，統統由我一手包辦實在太累，而老爺下班回來更不愛動（他只管週末割草）。於是一瓶Windex，一塊抹布，讓兒子學著做吧！主婦們都愛潔淨，整日瑣瑣碎碎地忙碌，還不是為了窗明几淨？當兒子做完功課，看足電視，玩厭外頭，嚷著：I got nothing to do時，我總可以撥些瑣事讓他做去，有些還是鍛鍊體力的運動呢！有時我會塞給他一包園子裡剛摘的蔬菜，吩咐他：「送到劉阿姨家去，替我向他們問好吧！」（很難得附近還住了家中國人，雖近在咫尺，卻各忙各的，很少彼此串門子，正藉送物的機會聯絡感情），讓兒子在悶看電視之餘也跑跑腿。

上星期，開始讓Bobby學用吸塵器清地毯。成績還不錯，他會把小傢具都搬開，吸得乾乾淨淨；清完後，還問我要Tool清牆角，比整理他自己的房間還起勁。過去他曾多次向我要事情做，當時以為他還小，總說：「把你自己的房間理好就行了，別的不必。」他大概覺得十分無趣，也不大「遵旨」去收拾，常任其雜亂。我愈說，他愈不動，最後我只得進去幫他清理了事。近來我把他當成「大人」，讓他做些我平常做的事，他反而做得起勁。

原來孩子也要有參與感。他初次做時，可能不盡理想，這時最好ignore it；但對於做得好的，倒不要忘了嘉獎，孩子都愛被讚美（大人何嘗不是？），下次就更樂意去做了。把做家事溶入他們的生活中，這是挺好的生活教育。長大後更能事事獨立，不仰賴他人。最近兒子問我，他可不可以學燒菜？我說：「Why not？將來你的妻子有福了。」

一九八五年六月二十二日

過錯的彌補

黃昏弄好炒麵，喚著剛回家的兒子：「吃飯囉！」「等一下！」他卻轉到陽台間去推腳踏車：「二十分鐘就回來！」以為他和往常一樣打籃球去了，也就不理會。

一個鐘頭後，只見他氣極敗壞地跑回來：

「媽！我有個問題——」

「什麼事？怎麼這麼晚回來？」

「腳踏車碾到玻璃，輪胎扁了。」

「這怎麼辦？你知道我們的車子還在檢修，無法開回。明天怎麼上學去呢？趕快打個電話問腳踏車店，看是否還開著？」

結果因七點已過，他們剛關門，又不願破例等門，看樣子今晚修不成。

「你倒底上哪兒去了？腳踏車呢？」

他囁囁地說：

「我到附近那個購物中心去還東西。腳踏車就鎖在那裡，我急得跑回來了。」

真是！他以為跑回來就解決問題了。我忍不住指責一番：

「既然你在購物中心，腳踏車店就在對街，怎不拖去讓他們補胎，不就萬事解決還能騎著回來嗎？現在你把腳踏車丟在那裡，一趟跑回來，人家店都關了。你回來的目的何在？」

他被我點醒，顯得很懊惱氣餒，說道：

「腳踏車就留在那兒，明天再去辦好了。」我不以為然：

「這是三百多元的昂貴腳踏車呢！怎能讓它在外面過夜？就算沒有人去偷，半夜下雨了怎麼辦？」

真是年輕不懂事，敢如此冒險。去年才丟過一部腳踏車，這是第二部呢！

「媽！您要我再走路去拖腳踏車回來？」

「有什麼辦法？你自己迷糊，剛剛不送修，現在再累，都得把腳踏車弄回。吃了晚飯再去吧？」結果他一賭氣不吃飯，就掉頭走了。

想著從家裡走到購物中心，至少得三十分鐘；再拖著腳踏車跋涉回來，至少要一個鐘頭了。那段路最近無車期間，我自己走過，想想實在心痛。十六歲的男孩子，讓他磨練去吧！結果一個鐘頭不到，他居然勇敢地拖著腳踏車回來了。

「Bobby，下回再有類似的情況，一時不知怎麼處理，給我打個電話，不要沒頭沒腦就奔回來。這次的錯誤是個學習的機會。去吧！炒麵在櫃台上。」

當晚躺在床上，反覆地思索一些問題。想到智慧是何等重要，尤其是臨場的機智。「一著錯，全盤輸」是多划不來，但天下又哪有完全不犯錯的人生？失敗是下次成功的墊腳石，只要智慧漸漸累積，不必要的過錯儘量減少，人生一樣美好。既然錯誤發生，追究無益，該當下積極去設法彌補，警惕自己不再重犯。怕的是一錯再錯，一敗塗地。兒子的腳踏車沒及時送修已經不對，還要留在那裡過夜就更不對了。我堅持他再辛苦都得拖回來，是一種彌補。迷迷糊糊在思索間，忽聽得窗外淅淅瀝瀝。最近久旱的邁阿密，居然在半夜落起雨來。腳踏車能留在外頭嗎？

一九八九年日四月四日

邁阿密的拉丁情調

搬到邁阿密，一晃十多年了。當初南遷時，朋友們還「警告」：「那邊不少古巴人呢！」身臨其境，耳濡目染之後，方覺此言不虛。

剛來時，我們先租下與鄰房相連的小樓屋，暫時安身。那裡自成小社區，有共用的游泳池與網球場等。因毗鄰「小哈瓦那」（在邁阿密第八街一帶，為古巴人的密集區），區內仍有不少古巴住戶。拉丁人習慣晚睡吧？入夜之後，他們的精神就來了。往往獨樂不如眾樂，常成群結團地聚在屋前，散在池畔，在五彩燈影中高談闊論，嘻笑喧鬧；甚而彈弄吉他，又歌又舞，像開嘉年華會似地，好不熱鬧！拉丁人的夜，不是寧靜的平安夜，而是滿天焰火、五彩繽紛的璀璨夜，直到三更。晚上他們不是開始休息，而是開始活動。於是他們懂得如何點綴夜晚。乍來時，對於夜間從家家樹叢間射出的各色彩燈感到新奇，有紅、有綠、有黃、有藍，在暗樹掩映中顯得朦朧美幻，更增添了夜的情趣。

他們好像都是全家族地移來，甚少孤家寡人。於是親朋好友間經常來來往往，好不熱鬧。他們聚在一起，聊的自然是他們自己的語言——西班牙話，於是嘰嘰喳喳的西語隨處可聞。後來，我們可以自己購屋時，決定隱到耳根清淨的地方。一番尋尋覓覓，才在西南方找到一僻靜的英語區，住戶大都說英文，也包括幾戶猶太人和中國人，附近小學就在一風景幽美的公園內。對此環境，相當滿意。

一住數年，漸發現不再寧靜，拉丁人的聒噪又來了。原來此區只要有住戶遷出，搬進的必是拉丁人，但不限於古巴人，南美各地的移民也不少。我們左鄰，原住典型的美國人，遷出後，搬入了一戶，先生古巴人，太太美國人；右鄰原住來自南非的英國人，搬走後，遷入一戶來自南美哥倫比亞的拉丁人。如此又是西語處處聞了。

來自南美這戶喜愛開Party，每逢任何節慶就大張宴席，前院各色汽車停滿，後院陽傘桌椅齊備，Bar-B-Q野宴烤味陣陣飄來，熱門拉丁音樂殷勤傳送。一時人聲沸騰，又歌又舞，令家人家鄉都遠在海角天邊的我們好生羨慕！拉丁人是不寂寞的！每逢歲尾，他們一定又大開Party，燃放焰火，直鬧到夜深……對於如此愛熱鬧的鄰居，數年來倒也安之若素，也深深感受到拉丁人的熱情。他們後院種有多棵南美種的芭樂，知道我們喜歡，到了盛產季節，往往一大桶一大桶地摘來送我們。

左鄰這家雖先生是古巴人，因太太是紐約來的美國人，說英文，所以我們較能溝通，我們兩家的小孩也常玩在一起。他們家女兒除英文外，還說得一口西班牙語，她奶奶週末來時，就能派上用場。這位奶奶屬於上一代的古巴人，英文半句不會。有時，我用看書自學的幾句簡單西語和她打招呼，她會樂得笑開了臉。

二女兒嘉麗滿三歲後，我總算能喘口氣，在附近的購物中心找到半天班的工作，上晚班，以不影響日常家務，也藉此接觸了更廣大的社會層面。入夜後，成批的顧客湧進，選購各種銀器、瓷器、水晶或家電用品等。從接待顧客中，更感受到拉丁氣勢之龐大。約有七、八成的顧客以西語為主，雖然他們大多數能說英文，但口音不太純正。少數英文半句不會者，就愛尋找會說西語的工作人員，於是「雙聲帶」的工作人員就吃香了。聽多了發音不正的英文，偶爾聽到從北方來度假的紐約客，那清脆流利的標準英語，真有久別重逢的喜悅，好像在台灣偶爾聽到京片子。

特別引人注目的是，拉丁人，不論男女，都喜愛佩戴飾物。男人都有項鍊，女人更綴飾得琳瑯滿目。幾乎沒有拉丁女人不戴耳環的，他們流行小女孩一生出來就穿耳洞。

拉丁人的確較無時間觀念，他們很會拖。明明九點關門，他們還慢條斯理地瀏覽。有些顧客，甚至八點五十分才逛進來，要買許多東西。為了將就拉丁作風，我們往往得忙到九點以後才能完工。

工作同仁中，有不少來自中南美洲，其中一位莎瑞達和我最親近，她來自哥倫比亞。她提到委內瑞拉和哥倫比亞人說的西班牙語要比古巴人文雅許多，腔調也不同，於是我漸學著識別這些不同的西班牙腔。基本上，拉丁美洲的西語和西班牙本土在發音上是不盡相同的。

莎瑞達偶爾會埋怨，說她實在不愛下廚房（在哥倫比亞有佣人），但她先生是拉丁作風，一點也幫不了忙，一點家事也不做。不禁使我想到《邁阿密先鋒報》生活版一位女專欄作家提到過：拉丁男人在家中正如 The King in the Castle，是什麼也不必動手。有個笑話說：古巴男人可以坐在廚房歇椅上，喊他太太過來為他倒杯水。這位專欄作家是古巴移民的第二代，在此受教育，兩種語文都在行。她常幽默地把兩種文化拿來做比較。提到她如何目瞪口呆地發現她的已婚哥哥竟能幫太太洗碗……提到拉丁人濃烈的家族觀念，子女必須和父母在一起直到結婚，不像美國的年輕一代喜歡獨立。提到她弟弟想到別州唸大學時，她雙親如何緊張。又提到拉丁人的不守時，從不按請帖的時間出席等等。最近一篇提到她如何懷念坐Guagita（小型校車）的日子。原來在古巴，學生們都由小型校車接送，這種校車通常只容納十來個，由和藹負責的Guaguera駕駛。往往這位司機還負責帶孩子們過街；某位孩子不適，還負責通知媽媽……這種極富人情味的接送方式也帶到了邁阿密。怪不得學校附近，常見這種小型校車來往穿梭，比起一般正規的美國大校車多了許多溫情。

邁阿密是美國的邊陲都市之一，自然少不了邊疆色彩。正如加州的華人氣氛、德州的墨西哥風味，佛州的邁阿密也自有她的拉丁風情。

一九八七年十一月二十日

雨

終年陽光普照的邁阿密，到了端陽節前後，才撲撲簌簌地落起雨來。是啊！燦爛的太陽該歇歇了。

畢竟是陽光之州，此地的雨，沒有台北的放肆。早晨輕洒，過午就停了。午後微溼，入夜就止了。有時讓太陽出盡一天鋒頭，它只在半夜悄悄地滴落。總是如此收斂，少有盡情發洩。直到初夏的午後，才會烏雲密布，雷聲隆隆，醞釀許久，聲勢龐大的西北雨才轟然降臨。這時心中常有莫名的快活，它驅走了暑天的燠熱，還讓我有置身台北的幻覺。有時虛張聲勢，雷聲大而雨點小，使人若有所失，可愛而可恨的太陽又露臉了。偶爾會像台北的霪雨，細細密密地織上一整天。從鑲著落地紗窗的陽台間往外瞧，是無垠的綠，籠在濛濛的煙雨中，如幻似夢。遠處湖面上，也罩著一層霧，別具神秘美。雨中的景致，原來如此迷人！

住在都市的人，往往不愛下雨。人們在忙著上下公車、逛街購物時，都不願雨來打擾，不願雨來掃興。雨落得滿地溼漉泥濘，人們也被淋得狼狽不堪。

往郊外去，雨並不惹厭。周遭的景觀在雨中另有一種飄逸美。綿綿煙雨中，撐傘登靴到戶外漫步，任涼風細雨迎面襲來，又是另一番清新的感受呢！雨歇了，煙霧散去，顯得天更藍、草更翠、樹更綠、湖水更清澈、花更香、鳥語更婉轉動人，好一番大自然的洗滌，處處顯得更嫵媚明麗，能沒有雨嗎？

今天午後，大雨又來了。頃刻，前院的鵝卵石道上已匯成河塘，雨水激得塘上漣漪無數，遠處迷濛一片。聽到雨聲，看到雨景，又想起台北，也勾起往事……

大三那年，德文老師嫌文學院的教室太老舊（洋人較講究環境吧？），將德文課改到嶄新的數學館去上。因空堂多，我往往回家休息，再返校趕下午的德文課。還記得常從新生南路的邊門進去，朝體育館的方向直奔，再繞到館後一條羊腸小徑，迂迴地來到一條小溪，躍過小溪，再踩著綠草皮走一大段，才到數學館。有幾次正逢大雨，溪水奔流，有一回在躍過小溪時，差點滑了……大四畢業那年，考完最後一堂——日文，頓時輕鬆得急急要到「東南亞」趕一場捲土重來的名片，在大雨滂沱中……

邁阿密的雨季快要過了，我十分珍惜這段有雨的日子。在雨聲淅瀝、雨景濛濛中，勾出鄉園舊事，於異國生活中，聊添慰藉。

一九八八年六月十九日

卷二

松聲篇

一個金色的下午

狄斯耐卡通《愛麗絲夢遊仙境》中，有一首〈金色的下午〉，群花們邊舞邊唱著，很美的旋律。

今日午後，在廚房餐桌邊，揀著四季豆，望向窗外燦爛的綠。亞城的陽光，這時如此美麗耀眼，不自覺在心中哼起了〈金色的下午〉。後院一簇盛放的小白花飄來清香，爐上在滾的紅豆湯也溢出甜香，魚在醃著，菜在浸著……時間還早，晚餐會就序地推出，心中安著。女兒們在電視間玩牌嬉戲，不時傳來笑鬧聲，心中愉悅著。〈金色的下午〉也在心裡旋得輕快……

快樂原來俯拾即是，毋需刻意覓取。沒有熱鬧的宴會，沒有驚喜的禮物，沒有亮麗的衣服，沒有耀目的珠寶，都一樣可以有快樂。只要有平靜的心，粗茶淡飯，就是珍饈，拙樸的家園，就是皇宮呢！

一九九二年五月十一日

上坡

住家附近有位台灣老太太，經常在早上出來健行，大道小徑都有她的足跡。某日，正瞧見她路過，請她進來喝豆漿。

她雖年近七旬，髮際稍有斑白，但滿臉光澤，如春風撫過，常是白長褲、白布鞋，輕靈飛快地，健朗得好像五十不到。喝過豆漿，她紅潤微喘地告訴我，她過去曾如何地體弱多病，信佛吃齋後，如何地摒棄煩惱，心清自在……還教我如何在清晨做深呼吸，如何健行……幾句話語，使我獲益良多。最後，她又補了一句：「我走路，常挑上坡路走，訓練腿勁呢！」說畢，匆匆告辭了。我腦中還盤旋著那句：「走上坡路！」心中著實震撼！

平時外出散步，最怕的是上坡，教人又累又喘，所以看了坡就怕。尤其剛搬來亞城時，真不習慣到處高高低低的，不像邁阿密平得一望無際。第一次外出漫步，就累得一身汗回來，還對老爺抱怨：「怎麼這裡的路這麼難走？連散步也不輕鬆！」漸漸習慣後，驚奇地發現，上坡已不大喘了，好像如履平地般，原來人是可以訓練的。但對於上坡，從來沒喜歡過。這回老太太的一番話語，給了我很大的啟示。從此每次外出，會特別去感受上坡時多用出的腿力。奇的是，我漸漸喜歡那種額外的付出；在下坡時，就特別有那種努力後的舒暢。假如只走平地，反而覺得不夠味。

某日黃昏，正起勁地在爬上坡路時，坡旁一戶美國人家在整理庭院。男主人對我說：「嘿！妳走錯路了！」我笑了，他哪裡知道我是心甘情願要這麼走。片刻後，我折回來，他笑說：「這下妳走對了！」我覺得好笑，好逸的美國人，你們哪裡知道嚐過艱辛後的舒暢呢？

若人生只會走順暢的下坡路，就欠缺了那份奮鬥的精華。迎接挑戰，克服困逆，原是人生旅途上不可或缺的。流過汗，才真舒暢！

一九九二年九月六日

中城野拾

休學數年的二女兒，這學期終於重整旗鼓，轉入喬州理工學院。在她可以獨力往返通學之前，我先幫她一陣子，載她騁馳高速公路。

今早送她去上課後，我如常將車開到校外的州街（State St.）靠14街處的路旁停歇等候。看累了書，出來在人行道上走動透氣。這裡不少木造舊屋，都靜悄悄的杳無人蹤，可能是專租給學生吧？其前院都在高出地面七、八級台階的石牆上。仰望某家前院，竟迎上一大朵碩圓的向日葵低垂著，花瓣兒已縮皺枯萎，發黑的花蕊如一面黑麻臉，俯懸在高枝上。畢竟九月初了，漫長的暑天已近尾聲。若能夏日來此，正可趕上那黃燦燦的龐大笑靨，在豔陽下的招展盛姿。可惜暑假無課，我不會癡到為花來此吧？

這長條至堅至硬的石牆，沿著人行道旁伸展。塊塊砌石散佈著細碎銀砂，在近午的陽光下閃亮。忽見一細細小株，硬是從細如針孔的石縫裡長出，笑盈盈地頂著由三小瓣心形圍成的紅葉。生命是如此微妙，哪怕細小，也是一份美。往前走，綠蔭遮天，石牆已漸低矮。牆頭一叢亂草中，迸出幾株開著寶藍色小花的異草，花兒是雙瓣藍的，下端抽出一撮捲捲的白花蕊，以平衡其單調吧？向日葵開在豔陽下，而這些小藍花兒在濃蔭下也展豔。萬物各有其性，只要活著，都是美的！

人行道另一邊，是急馳的車流，而這一頭，自有其天地，自演著它的榮枯。近午了，嘉麗已下課，我得趕去櫻桃街。

二〇〇九年九月二日

亞特蘭大，我愛她！

一晃，來到亞特蘭大七年了，總算漸融入了她，習慣了她。縱然，沒有十全十美的都市，但她的些微瑕疵，和她那無邊的魅力相比，是可包容的。

原以為她是個保守的南方姑娘，但另方面，她也時髦得在快速變遷。剛來此時，的確聽聞到不少典型的喬州口音。乍聽，會一頭霧水；仔細傾聽，原來他們都把母音說扁，還把尾音長長地提高。典型的喬州女人說起話來相當溫柔，好比大陸江南的吳儂軟語。她們普遍衣著樸素保守，去學校參加家長會，不少媽媽們拖著長裙。

因她的瑋度適中，不會冷得離譜或熱得過份，不少北方人和南方客喜歡遷來此地定居；加上年年大批湧入的亞洲移民、墨西哥人和間斷前來的歐洲客，人種之複雜使她儼然成為南方紐約。人種歧視已變得淡薄，任何族類都可在此活得舒適，活得有自尊。

人口增加，自然吸引不少大工商業集團來此駐據。如可口可樂、CNN有線新聞網、IBM、UPS、Home Depot等等，甚至有名的軍機製造公司洛克希德Lockheed也在亞城……她的地理位置是航空網上的重要據點，Hartsfield幾乎是全世界最大的國際機場，包括五大候機區，各區間設有獨特的地下捷運系統，以電車快速地運送旅客往返，每年乘客的吞吐量在五千五百萬人以上，是全世界最忙碌的機場，卻提供了乘客最便捷的服務。

但她不是個庸碌的都市。從飛機上下眺，除了繁忙的商業區，她是密簇簇地覆蓋著綠，相當自然美麗。偶在綠叢間，會露出一塊塊的紅，那就是有名的喬州紅土，只要讀過《飄》，就會對她的紅土感到熟悉親切。

從賓州往南延伸的阿帕拉契山，在此緩化消弭，所以她處於微坡起伏的丘陵區。剛從平坦的佛州遷來時，十分不習慣這裡地形的高高低低，道路的彎彎曲曲。又因離海較遠，受不到海洋調節，晝夜溫差相當大，尤其在春天，可以是早上披大衣，中午穿短袖。但當地人已習以為常，沒人抱怨。

且不提溫差，美的倒是她的景色，是如此地四季分明。春天是花開燦爛，數不清的雪白山茱萸，和紅粉杜鵑花。夏天則處處濃綠，夾著蟲唧鳥語，另有一番情趣。秋天，她也捎到了北方的楓紅，像煞了新英格蘭。冬天，她也偶有霜寒銀粧。

亞城人愛樹，不管蓋多少屋，總會留多少樹。磚屋是喬州的傳統，大都隱在樹叢中。放眼望去，處處林木茂密，尤其是松樹，遍山遍野，喬州是松的故鄉嗎？家家門前都留有幾棵野松，當地人和它是如此貼近，小松鼠兒多得到處穿梭，在松林間上下溜達，其樂無窮。

如此天然美麗的環境，怎不教人住得樂不思蜀呢？加上生活費用不高，有個全美最大的農夫市場，供應世界各地的各種蔬菜水果：從苦瓜、蓮藕到甘蔗、榴槤等等，應有盡有，方便來自世界各地的顧客，至少華人去採買，是絕對的滿足。

此地也有個中國城，內有頂好市場、中餐館、中藥行、小橋流水、荷花池、飲食廣場、世界書局等等，豐富了華人的物質與精神生活。另外，韓國人、日本人、越南人、墨西哥人等不同族裔，都各有他們的地盤和他們的店，大家都方便。

八十五和七十五兩大高速公路縱貫、斜貫著亞城，二十號公路在南方橫貫著。另外有條重要的二八五呈大圓圈環繞著，交通相當方便，各行各業都在此蓬勃發展。當你飛馳在高速公路上，會感到時代進步的脈搏；但下了高速公路，回到靜得只有鳥語蟲鳴的住家時，又感受到這古城的幽雅芬芳。

這歷經南北戰爭、飄出世界名著、育出卡特總統的美國南方大城，即將於一九九六年七月的奧運中，在國際舞台上，熠熠生光！

一九九六年初夏

人生的後四十回

多年前某晚，在一中餐館，同桌的趙校長考我《紅樓夢》。他說了一句對白，問我是誰對誰說的。我自認相當熟悉此鉅著中的話語，卻一時愣了。回家細查，原來他老人家那句黛玉對襲人之語是匿在第八十二回，而我過去的反覆翻看紅樓，是不碰後四十回的，怪不得生疏。

大概是人類的天性，誰愛一遍遍去重溫悲戚呢？對於這部清代名著，我總是一再揀讀有趣的、旖旎的、熱鬧的場面，而對情節急轉直下的後四十回，就規避不碰了。其實若按曹雪芹的原意，後四十回要比現行的程乙本更為落魄淒婉，在此不提，反正都是悲。

書中的淒涼，作為讀者可以選擇不讀，然在現實的人生舞台上，對於上天排好的劇本，我們能不演嗎？我們能逃避嗎？當我們得黯然地接受周遭好友一個個因年邁體衰，受著病苦的折磨，我們能不淒楚嗎？記得數年前趙校長在書香社中是從不輕易缺席的健將，歲月不饒人，我們今後是再難見到他老人家，領受其健談雄風。

雖說每人都有其「後四十回」，多願它不全然是頹喪、縮萎。很欣賞「亞城園地」的許其正教授在手術後引出的一句台諺「打折手骨顛倒勇！」，我以它來激勵年近九十高齡的媽媽。也但願人人能活出光燦的「後四十回」，千里共嬋娟！

二〇〇九年九月十一日

創意人生

數年前，老爺就買進了麵包機。他對於使用機器特別感興趣，頻頻用它烘做出香軟的麵包。起初，孩子們很捧場，吃得蠻起勁。後來，次數多了，機器出來的又都是一個味道，就漸漸膩了。老爺到外州工作後，那台潔白的麵包機也遭到冷落，何況我向來對機器怕怕，超市買的麵包再難吃，也不想去動它。

最近從《世界日報》家園版上讀到一篇〈用麵包機做饅頭〉，這才觸動我的靈感。如此簡單，何不一試？何況對華人來說，饅頭遠比麵包來得好吃。於是耐心地讀起機器使用說明，發現一切比想像中容易許多。用它揉麵、發麵的兩小時期間，我可如常做我的家務事，或悠閒地讀書、縫紉等，仍可有效率地運用時間，機器做了最吃力的部份。鈴響了，再將發得完好的麵糰取出，揉揉切切，上籠待發再蒸，就是饅頭。稍費心些，調了餡包入，就是包子。

那天孩子們放學回來，發現竟然有久違的包子饅頭（多年前婆婆來邁阿密同住時，天天做），其喜悅自不待言。那天因冰箱中沒有豬肉，白菜又已用完，臨時改用美國包心菜，加入剁碎的蝦米和切丁的香腸，居然別有風味，孩子們都說好吃。又無豆沙罐頭，只好改用花生醬加蘋果醬，出籠的甜包子，一樣香甜可口。

感謝那篇文章的作者，一半機器和一半人工的結合，是如此美妙的成果。從這些，我感受到創意的重要，和它所帶來生活上的樂趣。

一年有三百六十五天，若天天過得一模一樣，豈不刻板無趣？不只是烹調上可以變化無窮，其他如室內佈置、縫製衣服、庭院設計、野遊活動等等，都可以別出心裁而帶來意外的樂趣。人生當如萬花筒，只要輕搖，就是不同的美麗組合。靈巧地動動腦筋，就有另一番絢爛。正是柳暗花明，永遠有新鮮，等著我們去發掘呢！

一九九四年五月二十六日

卡

盛夏還沒有收斂的跡象。外面每天，火豔燻人。真怕外出，非不得已，總涼在家裡。好友凱蘿的生日近了，慶賀餐聚也訂了，倒不能不去覓張卡片，好開始打點準備。

來到「北湖」的卡片店，大概是週一，大概是經濟不景氣，裡面的氣氛相當黯淡，只有熟稔的女店東，熱絡地和我打招呼。凱蘿屬龍，將屆七十了。她是一貫的老美作風，不愛老，也不願老，那麼這卡片可得挑年輕的。目光在排排架上搜來尋去。久未來此，赫然發現多出了一別緻新區，是一注重環保的新品牌，其卡片都是再生紙造的，卻相當亮麗！不少繪著俏麗的少女，身著閃閃的時髦洋裝。我視線停在一金髮女郎，裹著亮寶藍色敞裙及地的露肩長禮服，纖手上托著一件禮物，禮物上歇著一隻鑲藍邊的黃蝴蝶……內頁寫著：「美貌、魅力、時尚，妳都有了，生日快樂！」凱蘿金髮，又鍾愛藍色，好！就這張！

大熱天出來一趟，總不能巴巴兒地就買一張，想遠些，大女兒的生日在十月，媽媽的生日在十一月。貞妮將滿三十，我挑了一張三隻小鳥棲在開滿點點小花的枝上，各啣著音符在唱歌……媽媽將滿九十大壽，我看中一張有著古典紅的富貴牡丹花。

來到櫃台，女店東說，買三送一，再去挑一張吧！只好再想遠些，兒子的生日在元月。倒是不能挑花給男生，而一些印好 For Son 的都看來呆板乏味，選擇又不多。於是敞開來，去尋別緻有趣的。這下瞄到一張相當稀罕：只見上面閃著紫紅色的一行字 "Age Is Relative"（年齡是相對的），下面排出六幅圖畫，像是人類的歷史。上排有三幅：左面是四十億年前的一團灰色混沌，上插一大根紫紅蠟燭；中間是二億二千三百萬年前一具恐龍的化石，捧著塊插滿小蠋的蛋糕；右邊是三百二十萬年前的動物。下排左角是西元前三七五〇年的埃及人；中間是西元四十四年一根羅馬時代的石柱；右下角是一四九二年哥倫布在航海船上……這些都有生日蛋糕點綴。其內頁寫著：「你現在覺得年輕些了嗎？祝你生日快樂！」兒子是主修歷史的，仍單身，正進入年齡敏感的階段，這張太好了！就給他！

自從伊媚兒興起之後，卡片店的景況難免日見衰頽。可喜仍有不少藝術家，在絞盡腦汁地呈現他們的創作思惟。好開闊的靈感呵！沒錯！年齡是相對的，比之浩瀚的歷史長河，我們人類區區幾十歲，還好意思說「老」嗎？

二〇一〇年八月十日

回首
——承詩壇耆宿夏紹堯先生贈送詩集，謹此微抒謝懷

憶昔昭漢誦詩章
「北地燕脂適楚狂」
紅顏轉瞬隨風去
詩情未杳續飄香

十多年來，有幸常能拜讀到夏伯伯的雋永詩作，其風雅流暢，不啻為後學者的最佳典範。猶記忝任「亞城藝文社」社長期間，每逢社裡春秋雅聚，他老人家總是熱心參與，若不克前來，即會寄來作品供傳閱。記得在一九九六年那次秋聚，我有幸與徐昭漢君在唐述后的華宅輪流朗讀他的詩作。其中一首五律〈金婚贈內〉最為印象深刻：

北地燕脂適楚狂，金婚相對鬢成霜，舊京閨秀存賢淑，客美湘愚保故常……

夏伯伯是湖南人，自謙「楚狂、湘愚」，而其夫人生於北京，夏伯伯敬稱她為「北地燕脂、舊京閨秀」，多美呵！足見其相敬相惜，鶼鰈情深。去歲盛暑，夏伯母因病仙離，夏伯伯悲痛之餘，凝出了八首輓妻詩。首首淒婉感人，句句令人泫然，諸如：

落花無奈埋塵土，飛絮終將化野煙，滄海碧波皆別淚，魂歸月夜再團圓。急診求醫永不回，風吹蠟炬已成灰……滄桑歷盡埋新塚，你占鄰塋我再來。花月春秋幾度逢，人生朝露逝無蹤……魂歸夢裡家前路，午夜相迎淚湧胸。

哀痛之情，溢出詩外。

相信詩是歷經苦難後，最美的依歸。敬祝夏伯伯

淡愁息哀，怡養嵩齡。

二〇〇九年四月十一日

尊重

一個週末，來到頂好市場取報。一長列報攤前，已吸引了各地趕來的華人，在走動、拿報、讀報、聊天。

附近一位老先生，興沖沖地捧了一大疊約六、七份的華報走來，身旁一老婦（許是他夫人）突然一股腦搶去，口中還嘟嚷著：

「做什麼拿那麼多？你看不完的！」邊將各種華報一份份丟回原處。我見那老先生尷尬地僵在那兒，當著眾人的面……

多少平時窒居家中、寂寞無人問的老人家，好不容易盼到週末才得進城一趟。除了採買東方菜蔬外，相信最大的喜悅是能親近華報，吸取精神資糧，聊慰鄉愁。那位夫人若放開胸襟，善解人意，應可欣喜地接納：

「拿那麼多啊？這下回去可看得過癮了。我們走吧！」讓先生回家享足報福後，若嫌堆積，再丟去回收不遲。

處處為對方著想，多美！

二〇一〇年八月十二日

後院，老美的玻璃燈

拉開浴室嵌著綠紗的窗罩，可俯望到隔壁老美的幽雅後院。幹練的男主人在如茵的草地中，多搭建出一座木拼陽台，迂迴曲折有致，其上陽傘桌椅俱全，還有木欄繞著，木階護著。階旁欄杆邊上，幽立著一柱玻璃燈，常在夜黑中透出古雅的柔暈……

平時他們夫婦都上班，子女上學，白日靜悄悄的。到了黃昏，才聽到其子女在汽車道上的打球聲、嬉笑聲。偶在天氣晴美的週末，他們的後院就活絡起來了，大大小小在陽台上圍聚共餐。尤其在螢火明滅的夏夜，他們常邀三五好友過來野餐聚樂，後院又鬧熱起來。大人們餐後聊天、打牌，孩子們成夥在陽台外擱出的小泳池中戲水、蹦跳、笑鬧，好一幅人間歡愉圖，在那盞晶暖的玻璃燈照拂中……

而我們的後院，就靜寂多了。只有小松鼠兒和小花栗鼠兒的穿梭，以及各色鳥兒的飛飛歇歇。我們是少有Party的異鄉人哪！猶記得客居邁阿密時，隔鄰的南美人動不動就大張宴席，人聲沸騰，又歌又舞，令孤旅海外的我們好生羨慕。他們是全族移來，親戚間來往頻繁，好像溫馨快樂得很……

亞城這個冬天好長，隔壁的後院也沉寂許久。只看到那盞立在柱端的玻璃燈，在寒夜中幽亮著，像一顆孤寂的心。

二〇一〇年三月十二日

從〈樹上的小木屋〉想起

週日清晨，走到徐家去送報，正巧迎上徐家人送客出來。徐孝華送客上車，楊慰親就在門口和我聊將起來。我們難得共鄰，卻因各忙各的，一年難得聊到幾句話，額外珍貴。回到家，爐子上煮起麵條，不耐空等，到餐室旁的書房架上取出一本慰親的散文集在爐邊重溫著。那篇〈樹上的小木屋〉（也是書名）再次吸引了我，薇薇夫人讚她能娓娓道來，從鄰居後院的樹上小木屋發現一個破碎家庭的悲劇，卻並不譴責他們，只是滿溢著同情……

這是篇一九八〇年的舊文。慰親描寫當時他們家院子沒有什麼大樹，她兒子就特別羨慕街口那家美國女孩，可暢享她爸爸在後院大樹上剛搭起的小木屋。其實那女孩已十一、二歲，快過了玩樹年齡，她爸爸居然不厭其煩地一釘一錘為子女奉獻。結局是，不久這男主人竟突然提議分手，因另有新歡。女主人被迫覓全職養家。小木屋在風吹雨打中乏人照料，而遭拆除，後竟連房子都換了主人……

這種悲劇在視婚姻為兒戲的美國相信不少。不禁聯想起我們住邁阿密時，也目睹過類似的歡樂與哀愁。也是在八十年代初期，兒子的一位小學同學就住我們家附近，只隔兩幢房子。我們屋後共享一幽靜的小湖，從後院望向湖的右岸，可流覽到他們家後院風光。那美國男孩偉克有一弟一妹，三兄妹都是他年輕父母的寶貝。尤其偉克，很貼近他爸爸，常以他爸爸為榮。奈爾森先生在我們這區是出了名的好丈夫、好父親，又手巧。下班回來就屋前屋後地照料打點，還常和孩子們在院子裡打球，玩成一片。有一陣子，我發現他們後院好像在進行什麼工程，原來奈先生要在大樹上蓋個供孩子們穿梭的小木屋。這計劃可樂了我們這區的孩子們，包括我們家那上三年級的兒子。木屋落成後，我們 Bobby 放學後別想在家了，三天兩頭經常往奈家跑，去爬樹，去樹上的天堂中樂去……

不到兩年吧？和樂的奈家忽然傳出婚變，是美麗的奈夫人另尋新歡，還要帶孩子們離家出去。於是此區中好幾位太太私下議論紛紛，都為奈先生打不平。大家都覺得他可算是理想丈夫和完美父親，為何她如此癡傻，要去跟個沒有經濟基礎的年輕人？可憐三個小孩得和親愛的爸爸分開。這個驟變，明顯打擊了孩子們，尤其是大兒子偉克，他在我兒子班上竟落得成績一蹶不振，沒得隨班升上五年級……

感喟
——驚聞女作家曹又方過世

今晨突接「海外華文女作協」送來一則e-mail，與癌症抗爭多年的台灣女作家曹又方已於三月二十五日凌晨在台大醫院病逝，享年六十九歲。讀後不勝欷噓。去年在台的媒體及一群文友才為她辦了抗癌成功十週年的慶生會，倒未料到居然敗倒在另一種病魔之手。

我不在台灣，原不識曹又方，也從無機會拜讀到她的作品。在當「喬州作協」會長期間，透過雨蓮，才知其人。回溯到二〇〇二年夏天，雨蓮來電，提議文友雅集，兼要帶一位稀客前來同歡共聊。向來是春秋聚會，於是破例，來個熱騰騰的夏聚，地點由我選在中國城附近、匿於群樹中、有美麗庭園圍繞的法式餐廳「麗莎雅屋」。

記得當天出席盛會的有遠從卡城趕來的久彌夫婦、亞城的翁教授夫婦、唐逑后、艾容、雨蓮以及貴客曹又方。正值盛暑，真是熱！我不得不穿出那襲無領無袖的蘋果綠洋裝，還淌汗呢！在有雅緻庭園的窗景內、美麗花飾的餐桌上，聆聽詹夫人席莉雅娓娓細述他們的中國紀遊。雨蓮帶著曹又方嫣然來遲。在引介下，我和曹女士握了手。我已不復記得她的面容，但和她相握的那份感覺仍在。那是隻我從未接觸過無比細柔的手，微弱的生命力彷彿細細潺潺地仍在奔流。雖然她正在亞城某名氣功師處努力練功，據云頗有進益，我卻隱隱感到她像暴風雨中的小花……席上大家傳閱著她的作品，我已不記得內容，只是心頭有一絲黯然，為何她如此有才華，卻難得圓滿……

過後，我曾謅了首小詩〈夏聚〉，略描當日之盛會：

中秋散　別多時　豔陽日　相聚遲
斬俗絆　覓閒舒　擇雅室　齊歡晤
綺如畫　妍如花　小園繞　好暢聊
牡丹麗　洋蘭雅　芙蓉豔　山茶香
久彌溫　江河豪
惜蛟龍閉　杜鵑遙……
月圓缺　總難全

人生似露電
聚散夢雲間

想她十多年來的奮鬥，多麼堅韌的毅力！雖終難逃一劫，然佳文傳世，應無憾恨。我們欣慰她的解脫，也祝福她天靈安息。

二〇〇九年三月二十六日

感懷

兩年前的四月中旬，亞城歷史最悠久的地方華報《華聲》忽然宣告休刊。我在感震之餘，寫了一首小詩〈輕喟〉送給主編高優鍔君，又轉寄給創報人趙校長，略表多年文誼的感懷：

去年與起譯君詩，佛州逐浪賞落日。
華夏漢聲忽杳然，未知君詩匿何處？

* * *

回塵過往十年中，月月耕耘興味濃。
有始有終原如夢，外緣雖了詩無窮。

月初，許月芳女士掌舵的「亞城園地」竟大大刊出高優鍔君的詩文與插圖。久別重逢，霎時眼濕心溫。總算，他的詩文又露面了。只是，此一時也，彼一時也。「無常」是上天給人類開的最大玩笑。想目前經濟衰頽，世局日艱，文人能佔有方寸之地而繼續耕耘，華報能摒除萬難而持續延綿，多不容易！

在此額外感謝許月芳女士的心力，讓華人圈中還能有一份心靈的寄託與精神的糧食。

二〇〇八年七月二十四日

憶

曾經有一次，我惶恐地以為，自己再也不能走路……

在南居邁阿密的八十年代，除了大兒子，身邊還繞著兩個女兒那陣子。外子任職的佛州電力公司可能深感邁阿密拉丁勢力之強，有北遷計劃。

「公司可能要搬到棕櫚灘北邊的Juno Beach，我們要不要先去看看？」某日外子下班回來提議，也算是一趟旅遊。自從七十年代後期定居邁城以來，除了狄斯奈世界，再沒去過哪裡開眼界，而佛州迷人海灘之多，多不勝數，怎不趁機去流覽走逛呢？

於是牽著大女兒，抱著二女兒，跟著婆婆、大兒子和外子，浩浩蕩蕩一車人馬來到目的地。不記得是走在哪段路上，好像還沒賞到多少海景，抱著二女兒的我，突然失去重心，那雙半高跟涼鞋沒登穩，向旁一滑，足踝處嚴重扭傷，再無法前進……

回到邁城家中，有經驗的婆婆要我平躺，將腿伸直，讓她用薑片沾米酒，不斷地塗抹按摩。一時，我這忙碌的主婦被迫停工、停灶，家人得吃外頭餐。沒有主婦穿梭掌理的家煞時全不對勁，心中實在又急又慌，偏偏我寸步難行。當時還稚嫩的少婦心懷中，不禁升起一陣憂恐，愁容滿面地問婆婆：「它會好嗎？我再也不能走路了嗎？」她老人家笑了，對我篤定地重重回答：

「當然會好！！」我那驚懸的心才稍落地。兩星期後，它果然好了。我又能在家中忙碌穿梭了。

所以人在少不更事時，毋須有的憂慮一定多，就得自己一關關去闖，去體驗，才真正印證到：天無絕人之路！何苦杞人憂天？不論何種境遇，別忘了仰頭，藍天在上。

二〇一〇年七月十四日

扇思

我很喜歡扇子。偶爾路過紀念品攤，就會搜尋摺扇的芳蹤，因為它輕巧美觀又實用。多年來，已收集了形形色色，有媽媽送的檀香扇，有自己去中國城零碎買的透紗繡花扇和各色絹扇，有豔紅的、淡粉的、淺藍的、湖綠的……但是有「進」也有「出」，我挺喜歡送扇子，雖在台灣送扇是禁忌（扇，散也），但在異鄉，送給老美，她們樂得很，好像得到珍品。

炎炎夏日，常不忘在提包中塞進一把摺扇，倒很方便！除了搧風，還可擋太陽。在能源還不那麼昂貴，處處有豐足冷氣供應的時代，扇子好像無用武之地，不過是服裝之外的女性點綴。但我記得，至少年年舉辦女兒高中音樂會的學校大禮堂，從來沒有供應過冷氣。擁塞的觀眾席上，家長們總忙不迭地搧著節目單，好像只有我有備而來，可從容地搧著有美麗花飾、色澤與服裝搭配的摺扇，覺得華人好聰明，這可隨身攜帶的環保物，永不落伍。回想我們的國劇舞台上，只要有小生出場，就有摺扇在其手中，演出一段倜儻風流。扇面，常是古代文人雅士展現藝術才情之地，書畫淋漓，盡在其中。扇子也曾引出過李後主在困境中的靈感，而有「揖讓月在手，動搖風滿懷」之名句。扇子已是文人的影子，在生活中不離不棄了。

記得準備大專聯考那年暑假，我是一手捧書、一手握扇。常握著一把印有古典美人的圓紙扇，伴我作最後衝刺。那時的台北算熱，但還沒熱到需開冷氣的地步（其實也沒有冷氣），好像那把扇子就夠我在埋首中驅熱。也曾興起，在扇上題了幾句，不記得是什麼，闖過關後，就抛到腦後了。進了杜鵑花城，有個機緣去新建的女生第九宿舍，去找考入台大中文系的高中同學謝秋影。她有個很雅的名字，人也是文靜秀氣的。她們的寢室真美，還有浴室套間。不巧她不在，只見她的書桌上擺著一大本《紅樓夢》，書上擱著一把合起來的摺扇，美麗的扇墜子幽垂著。呵！紅樓夢和扇子，好像已凝成一體，在展演一齣齣古典韻事……娟秀的謝秋影，在我十多年前赴洛城「五十慶生」的遊艇上，從某位北一女校友口中得知，她婚後淒酸抑鬱，已因病而香消玉殞了。我痛惜之餘，又憶起那美麗的一幕……

當現代人愈來愈拮据，再難以處處暢享到涼透的冷氣，何妨捎把摺扇，搧回古人的幽雅，也搧出多少往事。我們的「天階夜色涼如水」，就美在「輕羅小扇撲流螢」啊！

二〇一〇年三月二十二日

後記：近接小女兒的大學寄來《畢業典禮手冊》，其中特別註明：若天雨，請挪到大禮堂，但內無冷氣！有感而寫。

教老外中文

自從數年前在家開課教中文以來，間斷地有老外因喜愛個別學習而來，給了我不少新鮮經驗和美好的回憶。

通常在正式上課之前，我會安排一個「初次面談」。除了問清對方的中英文姓名、電話住址和職業外，還詢及其學歷、家庭背景和嗜好等，好針對著編教材，再談妥合適的上課時間。

第一位洋學生，給我的印象很深刻。他約三十六、七歲，在UPS任經理，一來就說得一口標準國語，讓我吃驚。他提到在喬治城大學時主修中國歷史，畢業後去台灣留學，在師大語言中心苦讀了兩年，學會ㄅㄆㄇㄈ和普通會話，又去大陸數年。返美後發現找不到工作，只得去某大學讀個工商管理碩士，這才輕而易舉覓得一職；並以他會華語的殊才，經常受派遠東，商文並濟，倒也風光。

他既然會華語，來我這兒學什麼呢？他說要知道一些國貿方面的中文用語。正好我家有部《國際貿易實務》，於是用來教將起來。我非商學院出身，來美早期倒讀過英文會計，多少沾過商科，這回不過唸唸書本再解釋解釋也難不倒。沒料到是如此商味地開始教中文。

他知道中國人在講話時，常用不少成語，也想學學成語。於是我從成語大辭典中抽出一些慣用的，翻成英文，加上例句，寫成教材，有聲有色地傳授起來。這是我首次試著將成語英譯，難免有艱難之處，頗費思索（市面上已有翻出的可供參考，只是我想弄得更口語化些），一旦翻成，其舒暢感難以言喻。記得有回教到「不遺餘力」，我的例句是「林肯總統為了解放黑奴，不遺餘力。」他笑了，猛點頭。又提到「不苟言笑」時，例句是「傳統的中國父親是不苟言笑的。」他頗同意。

為了消遣，也教他一些中國藝術歌曲。不是真的教他唱，而是讓他聽我唱一遍，再來欣賞歌詞之美；這些押韻的詞句，提高了學習的興趣。讓他認識過的歌曲，從黃友棣的〈杜鵑花〉、李中和的〈故鄉〉，到趙元任的〈教我如何不想他〉等等。他竟意猶未盡，問我有沒有鄧麗君的歌？我說，我的課堂沒有鄧麗君。

除了商學、成語、歌曲，我又加了文學選讀。曾選印了數篇林清玄的文章讓他試讀，困難處，再解釋。在上課的流程中，自然也穿插些輕鬆聊天，才不致於太枯燥。

他常提起在台北的往事，說他當時是窮學生，上不起大館子，只吃得起師大附近的麵攤子。那時一心讀書，既無閒也無錢去旅遊，所以連我提的橫貫公路，他都沒去過。

他很有德國人的守時美德（不知他是否有德國人的血統？），一星期來兩次，每次下午準七點正，他的白色金龜車就溜進我們家汽車道。雖然他為了工作，免不了陷入繁忙的商機中，但他來我這裡，還是保有那份令人感到清新可喜的文人氣質。半年後，他因太太待產，得幫著照顧，遂中止了上課。那年耶誕，收到了他寄來的卡片和一張胖寶寶的相片。

會中文的洋人，可說是鳳毛麟角，難得讓我遇到。衷祝他與會說日語的夫人，有著幸福美滿的生活和光明璀璨的前景。難忘的孟思漢先生！

一九九七年春

文緣千里

自從在二〇〇〇年夏天，我們「喬州作協」請到西岸的作家周愚前來演講，從此牽上文緣。這將近十年裡，間斷地收到周愚熱誠寄來的年刊《洛城作家》，我也間歇地回贈主編的北一女會刊。一來一往間，加州已不再遙遠。

數週前，總算讀完龍應台的巨著《大江大海一九四九》，多少驚悸撼動後，總算鬆了一口氣。數日後，逛入中國城，看中一本張曉風的散文集，於是購來床頭，撫撫心緒。沒幾日就賞完，床頭又空時，真巧！周愚的郵包適時駕到。以為是《洛城作家》或是他投入編輯的《佛光世紀》，抽出一瞧，倒是一本新書《雪泥鴻爪九十春》，作者是我素昧平生的王怡之女士，周愚在內頁簽著「代轉贈」。既來之，則讀之，且翻翻看！

原來王女士已過九十四高齡，曾先後在台北中山女中、建中、淡江、輔大、政大任教達三十年。課餘之暇，寫作自遣。她老人家曾是政大中文系的名教授，也是已故名藝術家王藍的胞姊。她和榮獲首屆中山文藝獎的張秀亞是近七十年的閨閣好友。散文家張曉風也承她指點過。她於一九八三年陪外子來美就醫而提前退休，把筆也休了，成了老伴的護士。直到二〇〇一年摯友秀亞仙離，遭到椎心大慟，才重新提筆。接著二〇〇三年其至愛的胞弟王藍也棄她而去，手足情深，心肝重遭摧折，精神恍惚，篤信基督的她，忍不住與神爭吵，大病一場，其女又急又疼，勸她老人家：「舅舅走了，您心疼得糊塗了，一味怨天怨地，只為目前失去的悲痛，怎不想想過去曾經擁有的而感恩？……」她對命運暴怒之後，終於冷靜地聽入了女兒的話，把要傾訴給弟弟的，斷續用老邁的筆寫出來。不幸到二〇〇五年元旦，她再次病倒，以八十九高齡，歷經了一次心臟大手術，挽回一命，她為此神蹟，驚悸感恩不已。總算在二〇〇九年八月出版此書，其間之驚濤駭浪，豈能言盡？此書最感動我的，是她寫張秀亞那篇〈逝水〉和寫胞弟王藍那篇〈手足情〉。

提到張秀亞，她作品之多、之雋永，台灣的讀者群中，幾乎無人不曉。記得我在台北娘家，還有一本她的《北窗下》。可是誰也沒有怡之女士對秀亞相知之深。她老人家清楚記得第一次見到秀亞是在她們初中生工作的「小小編輯室」，國文老師帶進來一位個兒不高的小同學，一雙明眸，一臉純真。當老師介紹她就是張秀亞時，頓時室內熱鬧起來，大家興奮地圍過去。因那時張秀亞的芳名已常登上報紙副刊，被稱作「小小詩人」。自從她加入工作行列，常給大家帶來活潑歡樂的氣氛。大家好愛她，暱稱她「小亞子」。每次她還沒進門，就先傳來她那清脆快樂的嗓音：「小亞子來嘍！」。她們的「小亞子」後來在輔大苦讀四載，抗戰期間奔去重慶，勝利後，她再回輔大執教，當時已婚，也有了娃娃。這段溫馨甜蜜的日子卻享不到三年，又是海棠裂葉，烽火四起。小亞子懷著身孕、帶著娃娃，被迫浮海避秦；另一半卻身陷故國，音訊永隔，從此破鏡不再圓……怡之親見這「小小詩人」如何揹著愛的十字架，走過中年的苦難，一步步登上文學的巔峰。如今她的小亞子驟然離去，怎不悲痛逾恆？

至於其胞弟王藍，除了諸多水彩畫作，他的暢銷名著《藍與黑》更是家喻戶曉。怡之以極大篇幅描寫她最寶愛的小弟王果之，從他在天津老家度過的安寧絢麗的童年，四合院、戲園子、郊遊寫生……到蘆溝橋事變，一切景況的急轉直下，十五歲就加入「抗日鋤奸團」，離家從軍，上太行山，去重慶復學，當上隨軍記者……抗戰勝利，北上返鄉見爹娘，闔府騰歡，他成了「夠意思的天津娃娃」……神州淪陷，他帶著國仇家恨，異鄉吐血，捧讀《聖經》康復，筆耕三年推出《藍與黑》，攜書去金馬勞軍，重拾畫筆，畫出戲中人生，畫出美好的抒情世界……

沒想到我闖上了龍應台的《大江大海》，那淘天大浪又來了，好像哪本書都逃不掉。目前上了年紀的，對於那段驚震的大時代，哪個不是有一江海的故事？往事可以如煙嗎？感謝周愚！又讓我多見識幾個故事。願人類學到：槍帶來毀壞，只有筆，流出美和永恆。

二〇一〇年三月十九日

春節何處?

當歲末送走耶誕，又歡度了新年後，內心常還空空地沒個著落，好像隱隱在等那繫著最多舊情的農曆年。

可惜在異國的春節常淡淡地過。孩子們不放假，洋曆上不明寫。沒有喧天價響的炮竹，沒有喜氣喧鬧的人潮，沒有檀香，沒有年糕，如此落寞，如何過法?往往事先從萬年曆上尋到了她的芳蹤，下決心要過個像樣的年。到時候所能辦出的除夕宴卻總比不上從前媽媽做的豐盛，大概人少，菜也不便多弄。要守歲嘛!沒人陪，孩子們興高采烈地拿了紅包睡去了，而老爺向來是守電視過年，哪有以前在台灣闔家圍著大火爐取暖共話的氣氛?大年初一起，在以前都是一年中最快樂興奮的一串日子，可穿著新衣，什麼都不管，跟著大人們到處拜年，到處玩，到處有甜食……如今在海外，頂多可沾點氣氛的，不外是去參加華人的春節晚會，各家做了菜，湊在一起，熱鬧地享用盛宴，算是聯歡慶祝，但畢竟是團體性的，和以往的家族歡聚，黏著濃濃的親情，感受又是不同。

叔叔、嬸嬸、舅舅、阿姨們都不在這裡，如何拜年？沒有親戚間的走動，怎麼都不像過年。有時興起，想在門口貼幅紅聯，捎點春息。看看左右都是洋鄰居，難道不會想這家中國人在作怪？這個念頭只好收了。於是年年的春節，就此平平凡凡、無聲無息地過了。

春節在美國，不只地點不對，時間也不宜了。即使在台灣，由於社會形態改變，可能過年的氣氛，也一年淡似一年。工商業發達，大家太富足了。平常都可有新衣穿，不必等到過年；平常就有大餐，也不必等到除夕；平日就有利潤，毋須捱到歲末才有大豐收；經常有星期假日，毋須盼到過年才能休息。中國的農曆年，原和農業生活緊密相關。以前農人一年到頭辛勤地耕耘，就盼著過一個豐盛的年。如今時代進步了，每個人天天都過得豐盛，就不頂在乎這一年一度的春節了，要是在春節中得到什麼，也都是錦上添花。春節漸變得沒有意義，也沒有必要。但戀舊的華人呵！還是一年年地將她保留下來，湊和著想慶祝一番。

沒有鞭炮的春節，像是沒有粽香的端午、沒有月餅的中秋，雖然落寞，卻喚起了許多溫馨的回憶，在漸逝的午夜中，歷歷難忘……

一九八九年十二月三十一日

春風伴我行

數週前，請人來家中修復小耳朵，又能開始享受睽違多年的大愛衛視台。最近偶然瞥到「大愛劇場」正上演著連續劇《春風伴我行》。持續收看了兩星期，正接近尾聲。真人真事演得相當寫實而動人，健康而感人！

內容主要描述一位身為中學教師的現代女性，如何因應家庭和工作環境的多重問題。她身為母親，對於正值青春叛逆期的女兒非常頭痛，這寶貝娃娃跟不上學業，送去國外讀語言學校，不是曠課，就是逛街消費，狂花家中的血汗錢……身為妻子，常埋怨先生的通宵麻將，夜歸傷體……身為教師，她的評估學生是以成績為標準，無法接納水準以下的……她在煩惱百侵中，因參加慈濟「教聯會」的研習，才接觸到證嚴上人的靜思慧語。

她以姑且一試的精神，開始試著先改變自己，柔軟自己，學著多替對方著想。她先從嚴肅的面容中露出微笑做起。於是，從早到晚，遇到先生、遇到公公婆婆、遇到學校同事、遇到班上學生，她努力地使嚴謹的自己散發微笑，效果是意外的好，雖然剛開始做得相當辛苦。周遭的人先是訝異、震驚，再溫馨地接納。當她將微笑做成習慣後，態度也柔軟了，心胸也開闊了。打電話給在澳洲的女兒，語氣漸柔和，態度漸諒解。對於先生的打牌不再怨責，而是關懷包容，還準備雞湯讓他帶去熬夜時喝，後來甚至邀請先生的牌友們來家裡玩，還提供宵夜。如此體貼，反而使先生不好意思，後來自動將嗜好改為較健康的高爾夫球。

寶貝娃娃在澳洲的表現不理想，轉送英國，也無大進展，只得讓她回國工作。她在職場戀愛後，飛快結婚，不知何故又離了（那次我漏看），再換到另一家公司。她在國外期間，已感受到媽媽語氣和態度的改變，自動提出要讀讀《靜思語》。回國後，尤其是婚變後，在做人處事上也漸漸在收斂自己，關懷他人。有回，偶然聽到她媽媽提及投資的素食餐廳缺人手，想退股，這娃娃眼神一亮，覺得她的機會來了，過去的叛逆虧負媽媽太多，這是回報的好機會，何況她並不喜歡目前的工作，而對於餐飲的管理經營卻興緻勃勃，於是說服她父母，放手讓她做去。這向來功課不好，經常在校挨打的娃娃，居然在投注了無比心力後，將餐廳經營得生意鼎盛，繁榮蓬勃。那雙穿梭於顧客群中發亮的眼睛透出了無比的喜悅和信心，欣悅於父母對她的信賴和支持，她走上了她喜愛的路，她充份發揮了她的長處。畢竟，「人有無限的可能」。

而這位女主角，在公公過世後，先生願意照顧婆婆，讓退休的她轉赴好山好水的花蓮去執教正需師資的慈濟中學。她在那兒盡力發揮了慈濟精神，將學生們當成自己的子女，不只在課業上，尤其在人格培育上有深入的教誨和啟發，使懶散的學生進取向上，使害羞的學生勇於表現，還真誠地勸導固執的家長去體諒子女分數的低潮，去關懷子女的性向。她不斷地用愛和智慧在創造奇蹟。

如何使有限的人生活出無限美，相信是人人都能做到的。

二〇〇九年七月四日

月華

農曆八月是它的月，塵世人總算擱下塵忙，去瞻仰它的玉貌晶光。

它的皎潔風華在《紅樓夢》中是「梨蕊三分白，梅花一縷魂」；它的嬋娟蓮步在東坡詞中是「轉朱閣，低綺戶，照無眠」。而它的銀亮倩影在亞特蘭大，常是隱隱約約，在高聳的松樹林間藏躲，待掙脫了「樹」縛，昇上中天，也難保不罩片雲，籠層紗。但農曆八月的它，的確特別圓大。年年中秋，它恰圓在兩座松樹林間，總算讓人能好好瞧見，感受到什麼是玉潔冰心，風華絕代。

若有幸能時光倒流，也入紅樓，凹晶館邊與湘雲聯詩，則其「寒塘渡鶴影」何妨對以「冷月沁詩魂」！

二〇〇九年九月五日

柳暗花明

在飛機上看到一則台灣電力公司的廣告，竟是大大的兩個字：關燈！背景是一大片綠色的森林……最近又接到此地喬州電力公司的來函，開出酬金要收購用戶的第二冰箱……明顯地，人類若不改變消費習慣，資源前景堪憂了。

自從美國最偉大的發明家愛迪生在一八七九年亮出世界第一個燈泡，使人類能告別煤油燈時代，電燈已無比廣泛地帶給人類社會光明。直到二十一世紀的今天，仍然人們幾乎無時無刻不需要它，它尤其和商業社會緊密相連。當人口日益膨脹，用電量急速跟進，問題就來了。我們只有一個地球啊！資源有盡時，我們總不能一直需求無度。可喜人類不是全然無望，仰頭望天，仍有日日照拂我們無微不至的偉大太陽。它的熠熠金光，不論貧富，天天免費供應，人類的建築，只要多開幾扇窗子，就能蒙光受益。於是目前最時髦的建築是一整牆大片落地玻璃窗，甚至玻璃屋頂，儘可能擷取太陽的精華；最新潮的發電資源是太陽能，這天賜的光，萬用不竭的光。我們漸漸在步向「天人合一」的坦途了？

不久前報上提到，再過若干年，加州居民將買不到一般的燈泡，人人得被迫使用較省電的日光燈。「開燈」這個輕易的舉動已得更為審慎深思。想起過去婆婆來美同住時，我沒見過她老人家親手開過一盞燈。她常黎明即起，日落即息；居家走動，有時昏暗地摸，連我的洗衣機都不碰，她的衣服是手洗在太陽底下晾乾的。若在今日，該是電力公司最景仰的模範市民。娘家媽媽也是省得可以，每次來我這裡，她就忙不迭地跟在我們後頭關燈，常嫌我們家太「燈火輝煌」。今天，看著愈來愈高昂的電費單，我已不得不學著兩位老人家的傳統美德：少開燈，儘量關燈吧！

二〇〇九年七月二十日

柴米油鹽亦有情

多年前，琦君女士有篇短文〈梨膏醬油〉，相當有趣。她先生誤把梨膏當醬油，琦君怪他沒看清，他駁道：「誰燒菜還戴花鏡的？」讀了令人莞爾。不禁想起十多年前，由康州南遷邁阿密，過境亞城時，寄居大哥家，也遇過相同的妙事。

當時他們剛搬入新宅，東西未全理妥，大嫂就繼續上夜班去。每回下午臨出門前，她就自己理個便當。有一次勤快，還弄了個炒米粉。匆忙間，誤把一盒看似白胡椒的調味品，抓起來就撒。等看到出來的粉末竟是紅褐色時，才大叫：「糟了！是肉桂！」她苦笑了，今晚得品嚐這帶著怪味的米粉。又不禁嗔怪起來：「都是妳大哥！做什麼把肉桂放在醬油旁邊？」

傍晚大哥下班回來，正要下廚幫著調理晚餐，我這多事的小妹傳話了：「大嫂怪你把Cinnamon放在醬油旁邊，害她炒米粉時，以為是白胡椒。」大哥是一慣的沉穩，只淡淡一笑，取出那盒肇禍的調味品，指給我看：「上面不是明明寫的

Cinnamon 嗎？誰叫她動作飛快？」大哥做起菜來慢條斯理（常讓大嫂看得發急），燒出來的味道可是一點不含糊，在親友間小有名氣。大嫂是不愛在廚房久待，巴不得快刀斬亂麻。

且說次日，我這多事的小姑再回話了：「大哥說上面的英文字寫的是 Cinnamon 嘛！並沒有寫 White Pepper。」大嫂笑罵道：「好！好！什麼時候我跟他算帳！」倒是他們一個日班，一個夜班，常碰不著。真要算帳，只有挨到週末了。

廚房的瑣事常讓人理個沒完，也最教主婦們頭疼無奈，偏每日三餐離不了和它們周旋。提到柴米油鹽，誰不感到俗膩厭煩？但有時候，其中居然有些情趣呢！

一九九一年七月六日

橘思

橘子是冬季裡大家廣泛接觸到的水果。常愛在冬日午後，家事暫告一段落，挨坐廚室的窗畔桌邊，慢悠悠地剝吃幾個熟透的佛州柑橘。撕開那亮著金黃色的果皮，在逸散揚起的橘香中，不禁會思及一些往事——

記得小學時，才從鄉下搬來台北松江路。那時的廚房設備仍是相當古舊，磚台上有兩個大灶。準備過年時，媽在灶上架著大鍋大蒸籠，蒸出各種不同風味的年糕。最主要的一種是甜糕，做得最多，也最先出籠。媽媽的甜糕很特別，她不擱香焦油，而是拌入剁得碎碎的橘子皮，成了橘味甜糕，比起一般甜膩膩的蕉味甜糕，另有一股清爽的異香，我們都喜歡。除夕餐宴後，全家就圍著大火爐團圓守歲。有時媽媽會放入幾個橘子在炭灰中烱烤，說可治氣喘。一時空氣中漫出暖暖的橘香，和寒夜的回憶交纏……

來到美國北方，較難買到台灣那種皮裹得鬆鬆、容易剝食的柑橘，多是圓硬的幾種柳丁。美國人一般忙碌，好像較偏愛買現成的柳丁汁，因鮮吃水果來得費事吧？超市的水果攤不大，也好像乏人問津。我們也學起美國人，不大買橘子，喝柳丁汁解決了。後來南遷佛州，這才眼界大開，又和各種柑橘親近起來。

一路開車南下，沿途就為佛州中部那連綿無盡的遼闊柑橘園震迷了。在那一簇簇濃綠的灌木叢中，滿綴著點點橘紅。這供應全美國的寶物，這陽光之州的財富呵！全在此！一路驚於它的多，它的密。那誘人的橘紅，在冬陽下顆顆閃爍，還沒到邁阿密，已領受到它的風華魅力。沿途歇腳的特產店，總懸著一袋袋豔麗的柑橘，以招徠觀光客。許多特產，離不開它：有橘花蜜製的香水，清澈撲鼻；有橘子果醬，澄黃透明……還未到目的地，已愛上這州，冬陽醉人，又處處芬香。

第一次踏入邁阿密的超級市場，初見那龐大琳瑯的蔬菜水果攤，真可讓北方客楞得溢滿了喜悅的淚水。蔬果種類之多不提，光是柑橘類，就多得繁不勝數。從此又重拾吃橘的樂趣。家中老爺也愛橘，常拎了幾個去辦公室。我們也鼓勵孩子們吃，這是最香最直接的維他命C。兒子偶爾抗議，他說，剝了一手都是味道。我說：「有什麼關係，那味道可香咧！」

數年前告別佛州，來到喬州亞城，吃橘的方便並未稍減，因為此地有頗為龐大壯觀的農夫市場，全美甚或全世界水果的精華都在此總匯。柑橘之繁多鮮美，比起邁阿

燉

總算盼到秋涼，總算早晚可以開窗透氣，讓涼氣瀰漫書房。數月來的長夏炙烤，我不知吃去了幾鍋綠豆湯。昨天黃昏，芳鄰楊慰親送來一大塊自栽的冬瓜，晚間就盤算著如何來料理它。

今晨，早秋閒步，兜了一身舒爽回來。開始按昨夜的妙想，請出冰箱底層的當歸、紅棗、枸杞子、炸黃的麵麩，連同切塊的冬瓜，都納入媽媽過去為我做月子的陶鉢中。注入雞湯，淋上米酒，置沸水鍋中，燉將起來。想起我們華人烹調手法之多，真是不勝枚舉，除了炒、煎、燴、炸、煲、煨、熗、燜、川、燙、溜、煮等等之外，還善用水沸之氣，如蒸、燉等。不像洋人只會水煮或火攻，未能體會水氣的陰柔妙用。我最早接觸到「燉」是在十三、四歲時，媽媽經常燉出「四物湯」，要我趁熱吃。藥都是苦的，一般就是加入排骨肉，以其腴膩中和之。我不特別喜歡肉，只愛那顆顆燉得飽脹的黑棗。大嫂不吃棗子，常將她的份揀出來給我。在台灣十多年中，就在那棗甜藥香中成長。來到海外，只要媽媽越洋來此探視，她身邊的草藥、中藥一定也跟來顯寶照拂，她老人家何堪忍受我們過著沒有「當歸」的日子呢？至今耳畔還裊繞著她說的：人蔘補氣、當歸造血、黑棗入腎、枸杞明目、紅棗潤心……

回到廚房，這蒸騰著水氣的一大鍋，總算燉得大功圓滿。掀開，游著片片當歸的冬瓜湯中，已半浮著顆顆飽滿圓亮的紅棗。這久違的好滋味，算是秋涼中告別綠豆湯的佳品了。

二〇一〇年九月六日

現實

剛結婚時，他曾對著我的手掌仔細端詳，精研相法的他，笑著搖搖頭：「妳很不現實呢！」我抽回了手：「對啦！所以為什麼我不愛錢，為什麼不去學商……」

數十載過了，我倒安於自己的不現實，因為心情上好像比許多現實的人快樂。汲汲營營的人會覺得我好癡傻，儘做些虛幻而摸不到麵包的事。透過虛幻的紗，我倒覺得周遭的人好可憐，為了金錢，得賠入青春、賠入悠閒、賠入健康，賠得遍體鱗傷。沒錯！金錢實在非常重要，沒有它就動彈不得。但若足夠之後，再去累積，就沒有意義。因為它使你腦子窮於運轉，透不出清靈之氣，沒有自在的呼吸。在這災難日頻的二十一世紀，每一位地球人該努力的，已不是如何多賺錢多獲利，而是要知道如何節約能源、如何淨化空氣、如何愛護土地、如何降低人際與國際衝突、如何減少戰爭。這煩複多難的現實社會，這生、老、病、死輪替的人生，我們若不設法「虛幻」些，如何去過美好的生活呢？

地下室堆著數箱蒙塵的相書，他算盡了別人，可曾算到他今日得受我綿密照顧？若時光能倒流，他可願意將「謀生」放鬆些，而不去全力衝刺？回憶過往，不勝欷噓。

二〇一〇年三月四日

秋天小拾

週日黃昏，從學生家出來，汽車道旁一大朵紅玫瑰，還豔麗地撐著，這夏日最後一絲餘韻，已迎上秋風。

飛馳著車流的高速公路上方，無數道亮紅霞光，與路旁掠過的紅楓相輝映。又是秋天！這短暫而美麗的秋天。惦著要順道進城採買兼取報，此地作協即將從溫哥華迎來貴客談詩，增添秋情呢！在店裡驚喜地買到便宜的佛州蜜柑，提著黃澄澄兩大袋出來，迎面是暗紅的天色。急馳歸家，前院今夏新闢的菊園，在暮色下，已豔黃點點，快要盛開。雖說秋心成愁，秋天自有秋喜在心頭。

夜燈下，迫不及待展報覓讀，讀到文友雨蓮一篇好美的迎賓文。翻到第二版，竟是亞城罕見的台灣歌仔戲獻演！整大版彩色輝煌，浪漫旖旎。數位登台的熟悉友人打扮得古典俏麗，勾引起初中時代對梁祝的癡迷。摯友鳳英竟也粉墨登場，反串起狀元小生。她一向豪爽熱誠，在亞城人緣甚佳，連家母及我的兄弟們遠道來此，都讓她盛宴款待過。當晚小弟從佛州來電，我對他提：「記得鳳英嗎？她還上台演歌仔戲呢！」小弟在那頭大笑，還稱讚我們亞城如此蓬勃，居然也演出歌仔戲。從歌仔戲，我們回憶起小時候，在台北松江路「天公壇」看野台戲的往事。小弟說，他那時哪裡懂得看戲？不過是在各種雜耍玩具攤間穿梭流連為樂……

這個秋，除了楓紅，還有戲、有詩、有情，很美了！

二〇〇九年十月二十六日

第二春

亞特蘭大的春天約在四月初吧？各種樹花和各色杜鵑紛紛吐豔，到四月底杜鵑褪色凋萎後，攀生薔薇和各色玫瑰就「登場」，開始朵朵展媚，豔麗地迎接五月的母親節，它們的風華可以延撐一整個長夏，直到秋涼，才讓秋菊「接棒」……年復一年，周而復始，上天安排得真妥當，花事從未了，連冬天都有寒梅。花兒，大概是上天賜給人類最美的禮物。

記得在一九九五年五月下旬，北上參加兒子的大學畢業禮，校園中驚喜於再度看到杜鵑，彷彿在亞城已萎去的來此復活，開得比南方的額外婀娜仙麗，熬過冬雪的摧殘，反而美得更為生動吧？我意外地在耶魯暢享了第二個春天。有一句詞「若到江南趕上春，千萬和春住」也可以說是：「若到北方趕上春，千萬和春住」。五月，才是美國北方真正的春天啊！

五月，也是歐洲的春天。莫札特譜過一首德文的歌謠Komm Lieber Mai（來吧！可愛的五月）就是歌頌那裡的春天，旋律柔美，充滿大自然的清新。可惜他寫完那首後，就再沒能享受下一個春天……

若有閒空恣意旅遊，可在三月初去佛州迎春，再一路北上，暢遊到五月，欣賞「杜鵑復活」的第二春。

二〇〇七年四月二十八日

紅葉山齋小小

為了豐富學生的中文學習，這學期起，除了課本外，我大膽引入了論語、蘇東坡詞、千家詩和元曲等等。在介紹過「枯籐、老樹、昏鴉」後，計劃下學期再來「元曲」一番。於是張可久那闋〈天淨沙〉吸引了我，讓它從電腦中流出——

青苔古木蕭蕭
蒼雲秋水迢迢
紅葉山齋小小
有誰曾到？
探梅人過溪橋

真好！又揀到一首好美的短短。且看那句「紅葉山齋小小」，好美的「小小」啊！元曲的特色是，寥寥數語，就繪出一幅絕美的山水。中華文字的魅力，在此發揮到極致，妙不可言。就因山齋小小，使人感覺到此景之空茫清幽。

其實幾乎所有的中國山水畫，都是偉其山水而渺其房舍，我們不會覺其寒酸，反讚其恬靜飄逸。若是在畫中大興土木營華屋，使山水失色，就煞風景了。不禁想起兩千多年前，一統六國、叱吒風雲的秦始皇，禿蜀山，窮民力，大舉興建阿房宮，奈何貪欲和暴力的結晶無法與河山並壽，瓊樓華殿未數年即付之一炬。

人性的貪婪，註定是悲劇一場，卻終究演不完……

還是謙遜簡樸，來得長久。就因為「小小」，才成其「大」啊！

二〇〇九年十一月十日

苦瓜精神

拜讀高達宏君在六月二十五日的一篇〈苦瓜不苦的人生〉，令愛吃苦瓜者會心一笑。家兄也是在入伍受訓時，被迫接近苦瓜，後來不但敢吃，還喜歡呢！

不記得從哪兒讀來，提到苦瓜雖苦，其自身的苦味卻不會滲透給旁菜。今天中午，特地試驗一番，果然不爽。不再清炒如已往，而是將切片的翠嫩苦瓜，與略煎的豆腐塊和過油的魚片一起，燴煮成一大盤白翠淡紅。迫不及待挑起一塊豆腐，嚐嚐可有苦味？呵！白嫩細滑，透出魚香，哪有苦味？再試魚片，魚仍是魚，哪有半點苦？最後才試到這盤新菜的「爭議份子」——裹著油香的翠綠苦瓜，是了！所有的苦都飽含在這兒，苦得如此深沉，如此不吭聲呵！苦得真美！

想想，為人也當如是。若你一開口就埋怨，就訴苦，相信沒有人喜歡親近你，沒有人喜歡接你的電話。記得外子過去說過：「假如你抱怨，就是能力不夠。」他喜歡當老爺，難免跋扈些，但也有一絲道理。人生已夠辛苦了，誰還來聽你訴苦？不如自我磨練，自我超脫到一輕安境界，不用言苦，設法對人世散發歡樂吧！

二〇一〇年七月二日

透明傘

散步慣了，每天清晨。不論溫和或刺寒，不論晴朗或陰雨。冷嘛，就全身包裹；雨呢，就撐把傘。

耶誕節後一個早晨，拎把黑傘雨中漫步。黑傘遮天，不再能眺望天上的雲彩。心中突生奇想，能撐把透明的傘多好！雨中漫步還能觀天呢！

不意，當天午後，帶兩個女兒去較熱鬧的周界購物中心，想趕上一些廉售。一踏入迪樂公司，擺在門口的赫然就是我早上夢想的透明傘，有數把，鑲著黑邊，在打對折。心想事成，喜孜孜地挑一把買下。

此後，雨中漫步的透明美，難以言喻。

二〇〇九年二月十二日

遠去的旗袍時代

常愛翻看一本「純文學」出版的沉櫻散文全集《春的聲音》。此書的特色是前面附了二十多頁的圖片，相當豐富引人。

沉櫻女士是我高中時代最敬愛的國文老師，對於她的點滴，特別感興趣。圖片中有她新婚時在北平和馬思聰夫婦的合照。時間和空間在舊照片中流轉，從民國二十三年延綿到抗戰勝利，再由重慶、上海到台灣，之後旅居美國。從少婦時的嬌羞蛻變成中年的坦適，再凝露出老年的慈藹。不管時間、地點、面容如何演變，我發現不變的是她那一身旗袍裝扮。中年後穿的旗袍自然和民國二十三年在北平、天津時穿的不大一樣，但旗袍還是旗袍，它散發出的特有的典雅氣質未變。不禁聯想起中學時代一些女老師，包括她，幾乎沒有不穿旗袍的。連教數學的女老師，也是一身旗袍，配上一口清脆悅耳的京片子，真美！地理老師屠婉瑛，不論寒暑，恆是一身旗袍，與其精闢的講解同在。

記得沉櫻老師怕熱，常一身短袖旗袍，還不斷揩汗。她的旗袍加上祥和的微笑、滿口的詩詞文章及一手工整帥挺、帖意深濃的黑板字，多美的的整合！她來台初期，和文友們同遊水源地，圖片中林海音、聶華苓、姚葳等也都和沉櫻老師一樣，穿著旗袍。雖然她們還挽著各式皮包，握著不同洋傘，穿著半高跟鞋，卻從旗袍領中，透出了相同的氣息——一種屬於那時代中國傳統女人的質樸、典雅和婉約。民國六十一年，馬思聰夫婦由美返台，在沉櫻家中作客。馬夫人一身亮著光澤的花旗袍，在華貴中依然秉著高雅端莊。

總之，旗袍予人的感受沒有不美的。它顯然特別適合含斂的中國女人。不管時代如何變遷開放，我們的體態沒有洋人來得高頭大馬，我們感情的流露也沒有洋人那般放縱不羈，只有含斂端莊的打扮，方能適雅地流露中國女人深沉之美吧？

攤開今天的影藝版，是否會覺得年輕的一代，不管是否合適，效洋到了沒有自己的地步？不禁懷念起那段遠去的樸雅時光。逝者不可追，望國人能再重塑自我的風格，讓旗袍的美恆久長存。

一九九三年八月十六日

都為了那嬌迷的笑

——英譯雨蓮詩後記

我早遠離了男女情愛的漩渦，為何再將我捲入妳的情詩中翻騰？雨蓮呵！那晚，在慈濟會所，妳讓兒子送來精緻的謝師禮，又親自遞來一首更為精緻的長詩，要我「翻成英文！」一瞧，標題是：「尋你，在秋聲捲起的夜」，我的天！如何翻法？且看開頭：「月移西窗，風捲落葉……琴音，在指間流瀉，千古嗚咽……」更讓人嚇昏，教我如何從有限的洋文字庫中，去抓出妥當的字眼來拼出那份虛無飄渺、細膩深邃、纏綿古今、流充寰宇的「情」？這超級高難度的中文詩為何找上我？猛想起久彌兄的洋夫人，「讓詹夫人席莉雅去翻吧？拜託，別折磨我。」我們的美人兒嬌迷迷地笑了：「她也不會，妳一定行的！」這可奇了，美國人不會，為什麼我會？接了她笑遞過來的無上信心，只得認命承擔。當下巴不得「偷來梨蕊三分白，借得梅花一縷魂」有英國漢學家霍克思教授翻譯《紅樓夢》的那份博學高超，讓中式的優雅沉斂，「洋洋」灑灑地流出……

當夜，靜沉下來，只有窗外秋冷的蟲唧。從未如此專注地，去一字字剖析她那嘔心瀝血的作品。一句句，長句，短句，如同她的情感壓花，壓在紙上，千古嗚咽……原來漢詩可以如此精簡凝鍊，一旦翻成洋文，這份精簡立時鬆潰，竟累贅冗長地教人心煩。都怪英文文法如此嚴謹，動輒得咎，又不能輕易甩掉冠詞，往往三兩字，不得不翻成長串，其文學彈性空間好像遠沒有中文來得靈活廣闊。更何況我這丁點能力，如此微弱，勉強上陣，真是戰得艱辛、乏累而笨拙。雨蓮呵！就為了妳的笑，竟斷斷續續在三個晚上中完工。原以為不可能，倒也可能。足見人的潛能可以被「逼出」。感謝妳給我磨練的機會！雖然妳說過：「不懂的，問我！」可是在作業期間，我寧可不問，寧可自己極力去揣摩妳那份深邃纏綿。詩之美，在於保留一份不被戳破的神秘。弄成洋文，也讓它罩著一層神秘，大家拈花微笑吧？

在這與時間追趕的緊迫生活中，能偶而偷閒，投入詩文中，忘懷一切，是難得的轉移、舒解。雨蓮呵！尋妳，在詩歌朗誦會上！

二〇〇二年十一月一日刊於華聲

後記：為了參與此地的「國際詩歌朗誦會」，我們呈獻的作品都得翻成英文，故有此舉。

雨後

一上午的陰暗，加上秋雨陣陣，沒有例行散步，不到三歲的小女兒悶在室內玩。候個雨歇的空檔，想到前院投封信。「梅梅！媽媽要出去，妳跟不跟呀？」「ＯＫ！」她興奮地去穿鞋。平時總是亦步亦趨，如影隨形，十足的小跟班。

順著長長的汽車道，來到寬廣的前院。水洗過的空氣，鮮涼無比。將信擱入信箱，沿著泥地，慢慢踱著。忽見濕草中立著一株蒲公英，茸茸的白毛撐得一球滿滿。忍不住將它摘下，遞給小女兒玩，又先吹幾口示範，送些白毛飛揚。小女兒倒不吹，只用小手一把抓個稀爛，空剩長梗。「這麼快就玩空了嗎？媽媽再找找看還有沒有？用嘴吹嘛！」潮潮的草地上一片搜索，就是看不到開滿白毛的。一番風雨，自然都打散了。忽然在泥地邊的綠草間，看到一面滿綴水珠的銀網，晶亮閃閃，美得像水晶簾子。呵！原來是蛛網，沾了水光，蛻變得如此美麗。平時巴不得趕盡掃絕的，這時倒不忍，還喚小女兒過來欣賞。

小梅正抓著一根枯枝，看到銀網，興奮得三兩下將它戳破了。正嘆惜著，瞥見不遠處有一小枚淡橘紅，隱在翠綠中。好奇地趨前摸摸，滑溜溜地。將它翻過來，不慎翻破，看到深深的紋溝，原來是野菇！不能碰了。「梅梅！我們該進去了！」

沒有蒲公英，彎腰順手摘下一朵黃黃的野雛菊讓小梅拿著。這才驚覺：家花不能摘，野花就能採嗎？一時貪戀小花的美，反而催它枯萎，不如讓它活生生地爛開在草地上，也讓鳥兒、蟲兒歡愉。以後該學著純欣賞，使大自然保有它的美好。松樹下，小松鼠兒也出來穿梭了，在這雨後幽涼的秋天。

一九九〇年十月十一日

雪悸

過去曾形容山茱萸像「春天的雪」，想不到今年三月春意將濃之際，忘了在亞城洒雪就走的冬天，驟然回頭，發狠狂肆地釀出一場暴風雪，真正是春天的雪。它來得太遲，卻聲勢浩大，使亞城在明媚三月，積雪之厚，史無前例，還使美國東部多州陷於癱瘓。

雪是孩子們在冬季裡最興奮的期盼，不下於過耶誕。來到亞城，已習慣了它一年至少一度的降雪，偏偏今年的冬天來得古怪，遲遲沒有雪的訊息。盼到前院的水仙黃澄澄地盛開，各種花樹開始萌芽，以為這個未捎來銀色禮物的冬果真溜了。萬沒料到它並未食言，又回來做一番補償，且是過於強烈的補償。這番肆虐，不禁憶起以前在北方的慘痛經驗。

在四季分明的康州溫莎鎮，我們忍受了長達半年與雪周旋的日子。只要它靜靜地下，我們在屋內暖暖地活，倒不相擾。萬沒防到一次嚴重的暴風雪，使我們的生活立即陷入恐慌。因厚雪壓壞電線，全區一時停電。沒電表示沒有暖氣，而當時戶外是華氏十度以下，室內即時凍成冷宮。市政府體恤市民，用大卡車滿載燃木，免費分給家有老人和幼兒的住戶，我們有嬰兒，也得到一些。外子買了斧頭，劈將起來，正式用起壁爐取暖烹煮。熊熊之火，只在它的周遭溫暖，樓上依然寒凍無比，只得吃在爐邊，睡在爐旁。因無電，地下的抽水機故障，一時地下室淹水，不得不將雜物一一往上移。因無電，廚房水槽的碾碎機不能用，水槽一時積水。另外，洗碗機不能用，洗衣機、烘乾機等都不能動……折騰得極為尷尬狼狽，從此下決心要遷去南方。

日太烈有旱災，風太強成風災，雨太多釀水患，雪太厚則蘊雪災。在日麗風和、雨調雪潤的時候，能不感謝嗎？雪劫後的春，會更令人珍惜啊！

一九九三日三月十四日

音樂人生

從小，我就喜歡哼哼唱唱。入學後，對一些動聽的民謠特別神往，尤愛柔雅質樸的德國民歌，像〈菩提樹〉、〈野玫瑰〉、〈鱒魚〉、〈快樂的小鳥〉、〈再會吧！故鄉〉……等等，常能從中感到和大自然交流的悸動與平和。這些美麗的小曲，一直伴著我成長。後來進了大學合唱團，廣泛吸收各國名家名曲，從黃自的〈玫瑰三願〉、〈山在縹緲虛無間〉，黃友棣的〈中秋怨〉、〈當晚霞滿天〉，到韓德爾的〈彌賽亞〉，舒曼的〈聖母頌〉等等，遍嘗傾訴、幽柔、哀怨、思戀和對宗教的肅穆忠貞等各種情懷。從田野味的美國民歌到浪漫熱情的義大利民曲，都涉獵了。那段綴滿歌聲的青春年華，是腦中恆不褪色的一段回憶。

揮別校園，帶不走青春，卻仍帶著歌聲，伴我度過艱澀的現實生活。人生最大的無奈之一，是得去面對許多不得不周旋的人，去做許多不得不做的事。一日光陰，常常只剩一絲餘暇，能真正從事自己喜歡的，翌日再被俗務淹沒……為了使現實的生活虛幻些，緊張的節奏舒緩些，呆板的作息愉悅些，瑣屑的雜務可愛些，我常將歌聲帶著。不頂美麗的人生，在音樂的旋律中，居然也能過得舒暢，怎不震撼於音樂的神力？

現代人喜愛音樂者，講究音響設備。對於忙碌的主婦，要覓一段空檔，靜坐下來享受，相當不容易，先生、孩子都可能過來打擾。我是退而求其次，只將音樂深埋，輕輕在心中哼唱。這個「流動唱機」倒也方便：洗碗時，心中可能在流著〈羅列萊之歌〉；洗衣時，可以是〈田納西華爾滋〉登場；洗髮時，可以搓出〈藍色多瑙河〉；擦地時，可能擦出〈紅豆詞〉；秋天掃落葉，會聯想到〈蘇爾菲琪之歌〉的哀傷；冬天偶見白雪皚皚，又會哼出《齊瓦哥醫生》中的〈何處吾愛〉。音樂常被我抓著，適時播放，無往不利。上星期開車去農夫市場，沿途和小女兒齊唱狄斯耐的歌，目的地好像轉瞬呈現眼前。音樂的旋律使時光溜得快而美，常能身陷世塵而不沾不染，多奇妙啊！

目前的年輕人也頂喜歡音樂，但不是我這種「安靜式」的，而是將熱門音樂開得喧天價響，鬧得人頭昏。家中兒子就在這種喧鬧中K書，倒也K出許多A，真令人費解。家人之間相處，以不擾人為上。選擇嗜好，自然也以安靜為佳。此所以家中的鋼琴，我無法隨興去彈，只將歌兒藏在心中，適時播放，倒也樂趣無窮。夜間入寐前，心中萬籟俱寂，只貼枕聆聽窗外那漫林漫野的蟲唧。這大自然的夜間交響曲，使人恍若置身戶外野營，極神妙地催你入眠……直到翌晨，再被鳥語喚醒。大自然原也蘊藏了許多美妙的樂章，只是被都市的噪雜淹覆了。

人生除了柴米油鹽，真的還需要一些別的去美化，不是嗎？

一九九二年六月十七日

麥香的喜悅

最近愛上一種猶太人的早餐——Bagel。樣子像甜甜圈，吃起來並不甜，外皮有法國棍子麵包的硬脆，裡面卻是比一般麵包還有嚼勁的麵糰，帶有獨特的淡香，百食不厭。可以是早點，也可以是中餐，加上一杯果汁，就是最快速簡便、充實滿足的一餐了。

對於沒有「菜單腦筋」的我，做菜是最頭疼的事。人不是動物，每天吃一樣的就可滿足，所以晚餐總得煞費周章地變弄菜色，以提高家人的食慾。對腦筋的這種折騰，真比寫一篇文章還嚴重，所以一天一遭就夠了。餘下來的早點和中餐，就巴不得快速打發。幸好自己是容易伺候的，什麼東西都能包容。來到美國，除了奇臭的乳酪和血腥的牛排難以接納外，其餘的洋食番物，都欣於嘗試，有些甚至甘之如飴了。

第一次接觸到Bagel，是在邁阿密時，外子從辦公室帶回來，他試了好吃，推薦給我，但那時對它印象平平，無特殊感受。後來有個機會到一位猶太鄰居家裡聊天，聽女主人興致勃勃地談Bagel，說他們全家人早上都吃這個，還介紹我一家Bagel專賣店。從此我開始留意這看似平凡卻又奇特的麵圈圈了。

來到亞城，逛了農夫市場，驚見那裡Bagel種類之多，烘烤之新鮮，往往塑膠袋中還冒著熱騰騰的霧氣。他們的Bagel，有原味的、鹹味的、蛋味的，還有蒜味、洋蔥、肉桂、芝麻、小麥、裸麥、黑麥等等。上星期，我們去拎回一袋溫熱的黑麥Bagel回來。從此那些麵圈圈，又是我懶怠做菜時的最佳食品了。

自從全家改吃糙米和全麥麵包後，我漸愛上那獨特的稻香和麥香，白米和白麵包變得無味，不再引人。我們以往被細膩、精緻寵壞了，目前再去領略粗獷的耐人滋味，有回到原野的喜悅。我們在身心上都覺得更健康，有更接近自然的舒暢。

這回的黑麥Bagel，愈嚼愈回味無窮。它不甜，也不鹹，就在那帶勁的麵糰中，帶來粗獷的麥息，夾著一粒粒褐色的葛縷子帶來的一股淡香，真是愈吃愈有味了。在清新的早晨，伴我聽鳥語、看窗景、讀早報，這簡樸平淡的麵圈，竟給了我無窮的喜悅。

一九九〇年二月二十七日

卷三

旅遊篇

淚的舞台

——記一九九五年盛夏返台

十五年了，沒回去過。這個夏天，終於時機成熟，千頭萬緒地摒除纏身雜務，攜帶三個女兒，飛越千山萬水，奔回久違的家園，在熱騰騰的暑天。

台北，比記憶中熱太多，真個燠熱難當！出到街頭，就不斷地淌汗。和弟婦上菜場，我是一手撐傘，一手得緊握摺扇，不停地搧著。攤販們此起彼落的吆喝叫喚，有的招攬，有的帶詼諧，都沒閒情去理會；路旁的各色衣服玉飾，琳瑯滿目，也沒得駐足挑賞。實在是太熱，不停地流汗，光是搧風擦汗都忙不過來，真是在美國一整年，也沒流過這麼多汗。奇怪這些台北人也不怕熱，還能談笑自若地在講價還價，挑挑買買。弟婦熱心地為女孩子們挑玉飾，我還沒開錢包，她已付了。二嫂路過，為我們選了大批美麗髮飾，也搶著付了。又瞥見路旁的楊桃汁，為我們一人買一杯……

這一趟回去，騷動了親友圈。親戚好友們一批批地來廝見、聚聊、宴請，都熱切地要接待，要付出。叔叔集合他們的全部家族設宴在素食餐廳。三舅舅邀請我們去山上參觀他的幽雅別墅，又宴請我們吃山雞野菜。四舅舅是畫家，帶來他的畫作相片讓我們共賞。五舅舅也帶了大蛋糕來聚聊……一波波的熱忱，一次次的溫馨，我心中漲滿了淚，尤其當見到他們都少了烏髮，添了銀絲……

忍不住去逛有名的忠孝東路，深深感到美國文化之無孔不入，洋化得有過之無不及，連麥當勞都發揚光大成體面時髦的兩層樓。進了太平洋百貨公司，從一樓到十一樓，各色衣物都相當昂貴，只能瞧瞧，勉強買得起一些小茶具。來到樓下，微嚐了些台灣小吃和什錦刨冰，算是不虛此行。這時髦的豪華地段，空氣倒是污濁得令人窒息。從百貨公司出來，正趕上下班時刻，車水馬龍，行人洶湧，加上捷運在施工，我是一路蒙著鼻，揮著摺扇前進，像個不合群的份子。其實台北不是沒有美麗的地段，像敦化北路的綠樹成蔭，相當寬廣清幽；中山南路棕櫚樹群，相當壯觀宏偉。往郊外去，到處山巒起伏，使生長於邁阿密和亞特蘭大的女娃們覺得很新鮮。可惜不少山坡地已蓋滿別墅，希望人口不致膨脹到山頂，否則何處尋幽？

二哥和大弟聯合安排，帶我們去到桃園一極為高雅清幽的鄉村俱樂部。有綠野綿延的高爾夫球場、室內游泳池、透著遼闊視野的舒適套房、高級中餐廳。室內一律歐洲裝潢，水晶吊燈、油畫壁飾、超高的廳堂、絕冷的空調……只要享受得起，在台灣是要什麼，有什麼。

為不影響小女兒的鋼琴程度，在返台期間，仍帶著琴譜，時時去二哥家借琴練習。只要沒特殊活動，常常上午就去報到。二嫂的四位千金都暑假補習去了（在台灣，學生沒有真正的暑假），家中一片清靜，只有她在清理室內，兼照看她弟弟的一個小孩。這三歲的小男孩，很是清秀可愛，又聰明活潑，能言善道地，常膩在小梅身邊看她彈琴。二嫂有一回不經意地歎道：「可憐他媽媽偏得了不治的病，不知能拖多久……」使我聽了，心直下沉。天啊！人世有多少無可奈何得去面對？人類竟渺小得逃不過上天的擺佈嗎？想當年小阿姨的兒子，就得了同樣的絕症，說走就走了，正值青春年華……

二嫂有位極好的密友就住在附近，閒時常過來聚聊。她的子女快上大學，該算中年，仍保養得白皙美麗，雖然微帶歲月的滄桑。她先生在世時，是我二哥的摯友，他們在軍中結識，一直維繫著深濃的友誼。婚後，兩家常攜兒帶女地結伴出遊。可惜好景不常，就在前年夏天，這位好友在一高爾夫球錦標賽中，突因中暑昏厥，倒地不起。惡耗傳來，他夫人哀傷逾恆，二哥全家也傷痛不已……。那一天，我在二嫂家閒坐，聽小梅彈琴，這位夫人正巧過來，一番聚談，又很熱心地請我去她家坐坐。

想不到在小弄中，有如此壯觀美麗的家。門口的高大鐵門內，還有車庫。入內是超高的廳頂，裝潢得美崙美奐，嵌著五彩玻璃，實心的地板，處處剔透光亮。還有古色古香的佛堂，隔著紙門是鋪著榻榻米的「和屋」……她提到這一切的一切，都是她先生的精心設計，可惜無福同享。在這空曠的華屋中，空餘無限哀思。她忍不住指著壁爐架上在無數獎盃中，一枚托在小架上的高爾夫球，她哽咽地說，這是她先生所擊最後一個球。她眼眶發紅地提到，他生前對高爾夫球的狂熱投入，常不回來吃晚餐就上球場了。他對於熱愛的，如此執著，對於追求完美，如此堅持。他從小是如何在艱困中成長、如何艱辛創業……而他的子女卻如此輕易地在過舒適的生活，如同台灣的這一代。這過於富庶的一代，卻不是沒有煩惱。許多學生忙著補英文，還沒上大學，就急著要出國，父母親被迫去籌措，因大學的窄門是愈來愈難擠。是徬徨的一代，不知何去何從？

同窗好友高女士特地摒除私務，在豔陽天開車帶我和女娃們去遊士林中影文化城和故宮博物院。另日又偕我去看我們的母校北一女中和台大校園。綠園中的泳池已進入地下，環繞泳池的至善樓也已拆除，那段織夢的高二年華再難尋覓；倒是高三時代的光復樓依然健在，忍不住和它合影一番。來到羅斯福路，又見棕櫚。文學院老了，畢竟過了二十五年的滄桑。

好熱好熱的台北，在住了一陣後，倒也慣了。只是那好濃好濃的親情和友情，恆在我心中迴盪不已。上機那天，媽媽給我一袋削了皮的蘋果，大弟買來好幾盒鳳梨酥，表哥趕來送手錶，二嫂遞來滷蛋和漢堡，還牽著那可愛的小男孩。快上機了，我握著他的小肥手，只能哽咽地說：

「小森森，乖！照顧媽媽……」可憐每個人有每個人的路，我不得不回去應付我自己的坎坷。

人生是充滿了汗漬與淚痕的舞台，只是有淚的人生，才見得到彩虹，才感得到璀璨的美吧？

一九九五年八月三十日

暮春返台雜記

——記二〇〇九年台北行

長榮班機在舊金山延遲起飛，卻提早抵達台北。我在機上已填了單子，很快就入境過關。倒沒料到自己那只小紅行李箱，竟讓我苦候四十分鐘之久。

近來出國次數多，漸體驗到行李輕便的好處。但大多數人好像盡可能塞，盡可能帶。我站在行李台的吞吐口前，目接目送無數龐大無比的巨型行李在兜繞，心中無限感慨！覺得乘客該多多體諒航空公司，改改旅行作風了。對於這班客機居然除了三百多位旅客，還載運了諾多行李騰空越洋，感到無比欽佩！縱然航空公司氣度寬宏，乘客也不應佔盡便宜，塞到極限。大家學著收斂輕便些，不但飛機省油，乘客省事甚至省錢，還可縮短領取時間。簡便體貼，才是明智的地球人啊！

* * *

剛回到台北，第一個感受就是熱！還沒吃粽子，就熱得黏答答，原以為不過五月下旬，還不是七月盛暑，帶了些「乍暖還寒」的衣裳，結果剛到那幾天，全派不上用場，只有一兩件無領無袖的可上身。總吹著風扇入睡，再一身汗醒來。應可開冷氣，因在此做客，不好太闊綽，學學當地人，練練耐熱功夫。記得十多年前七月返台時，在美國受盡冷暖氣的訶護，根本受不了那份熱騰騰。逛一趟菜市場，幾乎無法和當地人一樣，撐著陽傘談笑風生。我是擦汗都來不及，在熱浪蒸騰中，有無所遁逃的狼狽。這回欣喜著能在台趕上出國三十多年來未曾暢享過的端午節，又「以為」寶島的熱浪還沾不到屈原淚呢！竟忘了，地球是一年熱似一年。

後記：燠熱了數天，週日倒豔陽收斂，迅風大作，涼暢無比，帶來的春衣，總算派上用場。慶幸於攜帶的周全，沒白費功夫，畢竟天有不測風雲。

* * *

這趟回來，又過回小姐時代的日子——不用上廚房！對於老甩不開廚事的家庭主婦，真是天大的樂事。餐餐有弟媳或女傭打點，房間清理和諸多雜事有印尼女傭代勞。我是舒服得時間騰出好多，可會友，可外出漫遊，可收看講經念佛電視台，可陪媽媽禮佛、隨她出遊、和她聊天，把在亞城的勞碌奔波，遠遠甩到腦後。誰不需要偶爾鬆弛度假呢？連印尼女傭我弟弟也給她一個月一天假。

那天週日，女傭放假，輪到大弟和我推著媽媽去遊公園。樹蔭下，涼風習習，大弟讓媽媽起來走動，自己頑皮地坐進輪椅：「輪到我來坐坐看——嗯，蠻舒服的，以後看我們文揚會不會推著我散步？」我笑了，媽媽白了他一眼：「還仰賴兒子啊？自己照顧好最要緊！」

不管大弟幾歲，在我眼中，他永遠長不大。這趟回來，就為了重溫親情，極少應酬，珍貴的日子過得簡單規律，寧靜溫馨。天天陪媽做佛堂早課、遊公園、看電視、話家常。總是感恩滿滿。

下午家人歇睡時，我就自己安排節目：或在房中讀讀寫寫，或拎了相機四處捕景，或上市場買水果，或去民生東路逛書店、買麵包。這回倒不想添購任何衣鞋，那是沒完沒了，永遠不夠。將之單純化，反覺豐足快樂。這次回美的入關單，怕要交白卷。除了一點書，還沒買什麼。

近來愈覺生活簡單之舒暢，若連三餐都能簡化，就再美不過。我這回雖閒著，別人因我而忙，也過意不去。華人數千年來的切炒燒煮，真難消免根除。我這「書生主婦」，向來渴望吃仙桃、遠庖廚。若能三餐化一餐，不用燒菜吃水果，才美妙呢！

二〇〇九年五月二十五日

端陽小記

——記二〇〇九年在台過端午節

挽草

端陽前日午夜，大雨滂沱，驅了不少燠熱。端午節那天一早，八九高齡的媽媽循過節往例，讓女傭攙扶著，要外出摘野草去，我也跟去見識。

在晨涼中，我們沿著民權國小旁的紅磚人行道，一路走，一路尋。見有石縫間迸出的野草，只要媽點頭就拔。我心想，這些拉雜野物，真有用嗎？結果女傭提著滿滿一大袋回家，在媽的指示下，清洗熬煮了一下午。拉雜的混合，竟瀰漫出無比甘香的草味。媽讓家人分取著淨身，說可除任何皮膚異病。

木棉

摘草的回程中，走過一排大樹下，忽聞啪的一聲，一顆黑黑的東西落下來，碰地登時裂開，露出一團白棉，一球球地飄出，隨風飛舞。這不就是佘光中筆下的木棉嗎？心中驚嘆著，趕緊去抓它幾團。捏在手中，真是細軟得可以，銀亮中還夾著好幾粒黑籽。媽說，以前住松江路時，也曾見過，那時很有心，勤快地收集了好多，還做成一個嬰兒的小枕頭。相信那是最天然的軟。

祭祖

媽媽一日三度的禮佛課誦、供奉祖先，是她數十年來未曾間斷的「事業」。平時供桌上總零落地有水果、麵包「拜」著，初一、十五多了些素菜。到了過節，就更為豐盛。這回端午，弟婦做出滿桌素食佳餚，連同七、八碗白飯伴著筷子，一併祭供著祖先。媽遞給我花店買的兩束菖蒲，要我分插在陽台上的兩頭，在檀香裊繞中，延續著華人過端陽的習俗。

供花

佛案上兩端，堂皇地置放著一大對媽媽巍顫顫插排出的多彩瓶花。有碩大的百合、嬌小的康乃馨、淡雅的黃菊及諸多叫不出名的各色花朵，鮮艷亮麗而莊嚴地綴出節的氣氛。

媽以前行動俐落時，三五日就上市場買花，佛案上不時有鮮花。去年九月不慎摔傷肩膀後，大弟不讓她自由了，她被迫坐著輪椅進出。好久了，她沒能隨興地買花供花，一直耿耿於懷。這次過節，她老人家無論如何坐著輪椅也要親自上一趟市場。

花店小姐見她駕到，親暱地嚷：「阿嬤！您好久沒來了！」馬上熱絡地過來幫忙，讓她老人家隨興地挑選揀滿她要的。小姐用彩色玻璃紙包起豐滿繽紛的一大束，總結是四百元，媽遞給小姐一張五百，說是不用找。小姐慌得塞回零錢，媽再推回，說要賞她。真是「要五毛，給一塊」！

媽媽向來對攤販小卒很大方，體恤他們的勞苦，從不計較，雖然自己節儉得可以。她生活上的追求寄託，不像一般人那樣在衣服、飲食上。除了一心向佛外，花和旅遊是她最快樂的慰藉。

二〇〇九年六月六日

台北小拾

——記二〇〇九年暮春在台北

紫蓮

台北人之熱愛盆栽，從家家陽台上之爭奇鬥豔，塞個滿滿，可見一斑。此社區在車水馬龍中，居然涵納了八、九個大小公園，都花木扶疏，佈置得爽潔雅致。之外，街路兩旁的行道樹，棵棵樹幹，總有各色花草密擠擠地圍綴著。在寸土寸金的台北，在飛速現代化的衝擊中，放眼望去，總算取得了自然與人為建築應有的平衡。

娘家在七樓，進出都靠電梯。可是一下電梯出來，還沒來到馬路，就先迎上門口樹幹旁密綴的亮翠嬌紅。去年秋天返台，於進出間，不意瞥到在眾綠綴紅中，竟有一朵小小的紫蓮花，幽浮在一小汪水上。沒去細看那汪水是如何擠進的，因大弟的車正等著載我外出……事隔半年，那驚鴻一瞥還在心上。這回閒功夫多，我幾次悠閒地踱近那片花團錦簇去尋覓，看看可還有紫蓮的芳蹤？在層層疊疊的眾花葉中，總算看到一小缸蓮池，匿在一群綠葉下。暗影中，沒看到花，只瞧到一個小花苞，尖端吐露的，赫然是我要找的那一點紫！於是每隔幾天，就帶著欣喜去探看一番，瞧它慢慢在脹大。可惜沒能等到它嫣然盛開，我得上機了。

鼎泰豐

台北人都知道鼎泰豐湯包之有名。台大好友陳光蓓請我去，倒為了要讓我嚐嚐它的素餃。她說，做得真是好！

果然熱騰騰一籠上來時，各個包得俏挺豐滿。在半透明的薄皮下，幽透出翠綠的餡。滋味之美，自不待言。據說，除了調味，他們連包餃子的技術都非常考究，每粒餃子的摺邊特定有二十多摺。數數，果真如此，真是超細膩了。讀名片，發現不止此家，在台北及世界各地，已成立了好多分店。它尤其吸引日本人。那天在忠孝東路那家，還沒進去，就見成批日本客已飽餐出來，著短裙制服的女服務生殷殷地在對他們行禮，還用日語歡迎他們再光臨。

這裡的男女服務生都相當殷勤有禮，我和光蓓在進食間，還沒喝幾口水，他們就趕來添，雖然客人多得很……又洗手間佈置得一流的乾淨，設備相當新穎，國際水準了。

摩托車

縱然台北的交通已神速進步到立體化、便捷化，地下有捷運，高架有快鐵，地上有密佈全市、五分鐘一班的大型冷氣巴士，各種私家轎車，招手即到的計程車，仍然許多人喜歡乘騎在車陣中靈巧穿梭、易停易衝的摩托車。過去台北交通之亂，摩托車難辭其咎。今天的台北，摩托車在車流中，仍佔了相當大的比例，所以行走過馬路時得額外提防，它可突然從一狹小巷口內衝出來。幸好各十字路口都設有讀秒的紅綠燈，大致控制了它們的飛快騁馳。

東瀛掠影

——記二〇一〇年六月九日至十四日之日本行

總算來到這在歷史上讓我們愛恨交纏的國度。為探視旅日六年的大女兒貞妮，在離台返美前，偕同小女兒艾梅，從東京轉搭日航，進入關西，略窺日本面貌。真正領受到日本人聞名於世的整潔和多禮。

從東京成田機場的洗手間起，到大阪、神戶、京都等地的商店、餐廳、超市，都顯示出他們絕對是愛乾淨的民族，處處淨潔不染。商店的付款台上，一定有個小黑盤，讓顧客放款，店員慎重收取，再將零錢放回黑盤，好一番有禮的「授受不親」，讓我聯想到平劇《拾玉鐲》。任何賣出的物品，不論大小，一定妥善包裝或套封，再雙手奉給顧客，綴上有禮的長串敬語。有回在京都，我不過買了一張明信片，店員也慎重放入透明玻璃紙袋才交給我。在神戶熱鬧的「三之宮」商店街，艾梅挑了件洋裝要試穿，也得依禮先交給店員，再由店員指示艾梅脫鞋進入試衣間。艾梅隨意將鞋子一甩脫就隱入，我吃驚地看到女店員居然蹲下，將梅的兩只鞋子向外齊齊擺正才罷。天啊！這麼多的禮節在「牽絆」著日本人嗎？

其實在初次登上日航時，我們已領教到，他們的眼睛真是見不得一絲凌亂。當我們無知地進入寬敞舒適的日航機艙時，隨即將背包、提袋及手提包往前方椅背下一擱，未料受到穿梭巡視的日航空姐善意糾正，將我們落地的大小包包一一拾起，放在鄰近的空位上（該班機未滿），再用安全帶繫上……反正他們要遊目所及，清清爽爽！回程時，我們學乖了，乾脆所有包包都擠上頭頂的行李艙，身邊腳旁再無他物，果然無事。

雖然大學時代修過一年日文，疏離太久了，根本連皮毛都沾不上邊，數月來抽空溫習，也是應不了急，真是「話」到用時方恨少。倒是他們「偷」了我們不少漢字，任何招牌，都沒問題。在日本，小女兒找英文，我是抓漢字呢！遇到片假名，就想英文；遇到平假名，就只會唸而不知所云了。

大女兒說，六月初是那兒的雨季。許是端午節延後，我們非常幸運，旅遊的四天中，只有最後一天落雨，前幾天都是豔陽高照，得以暢遊京都祇園、清水寺、高台寺、嵯峨野竹林和《源氏物語》舊蹟、嵐山保津川和渡月橋等地，加上多次在神戶元町、三之宮附近逛街購物，享用豆腐餐廳的純日式料理和神戶聞名的歐式西點……臨別前日清晨，才細雨濛濛，貞妮帶我們撐傘去她住區攝津本山稍北的岡本，走逛遊賞富人區的雅緻但窄隘的庭園，不少奇花異卉在煙翠中，別樣嬌麗迷人。

是日中午，隨貞妮去附近一家龐大的廉價壽司店，大啖五彩繽紛的各式口味，只是任何生肉我不碰，倒也嚐了蟹肉、鰻魚、蒸蛋、日式拉麵等。下午因為大雨，取消北邊歐洲屋之行，只在三之宮逛百貨公司。各種貨品之細緻繁多，真是嘆為觀止。地下層的食品部門也是應有盡有，只是都標價不菲。各種水果更昂貴得離譜，橘子不是成袋，而是一個個包起來分開賣，珍貴可想而知。在角落瞥到一個鳳梨，標著日幣一千五，換成美元已令人咋舌了。我這「水果族」真難以想像日本人是如何過活？倒是貞妮貼心，設想週到，好幾個早晨請我們從旅館搭火車去她公寓享用豐盛早餐，都吃到不少水果：有嬌小鮮甜的紅草莓，軟嫩的無花果和多汁的「玉荷包」荔枝，算是難得的饗宴了。

在旅館附近，穿梭熱鬧的神戶元町街頭，發現和美國街頭很不一樣的是，人人苗條，幾乎找不到一個胖子。大概日式飲食較健康，何況許多東西價昂，無法開懷暢食吧？這是過重人口已超出百分之六十的美國應當效法的。

另一個觀感是人口之眾。我不過在神戶，還不是在第一大都市東京，已深感街頭人潮之洶湧，真是到了摩肩擦踵。這個島國，要撐養其龐大人口，實非易事！

往往在清晨要前往火車站時，會迎上一批批面容繃緊，在炎炎夏日卻裹著白衫領帶加深色西服的男性上班族，女性的衣服就花俏些，雖然還算保守。真為這種清一色的男性「制服」可憐，工作的壓力還不夠嗎？

有一天，特地去參觀貞妮執教的學校——龍谷高校，為佛教學校，很是保守。貞妮一再吩咐不能穿短褲，不能無領無袖，不管多熱。我們坐火車，再搭計程車提早到達。當天正好有園遊會，門口招待席上數位老師都不會英文，勉強找到一位會說幾句的，他支吾了一陣，漲紅了臉。我很覺內疚，多希望自己能吐出成串日語，好應接他們的禮貌啊！幸好貞妮不久趕到解圍，又介紹一批批她的學生。這些正在學英文的女學生們活潑大方多了，都可說上一些，倒是男生反而害羞。

臨別前最後一晚，貞妮來到我們旅館，陪我們打理行李，邊聊天。為節省時間，決定不外出晚餐，由她帶艾梅去附近百貨公司採買一些。一小時後，豐豐富富帶回大盒小盒，攤開來把小桌子擺滿。我揀了紅皮的日本甜薯、綠皮的日本南瓜和一些拉雜蔬菜料理。她們沒能買到我在京都吃過、最喜愛的蕎麥冷麵。喜歡甜食的貞妮沒忘買

縈牽

自從六月中旬從日本回到亞城後，數星期來，腦中縈繞的，仍是神戶元町、三之宮及京都祇園等地。原來身子回來了，心魂還在東瀛，收不回似的。

這份遊盪的「日本情懷」兜上了書架上那本九〇年代三蒲綾子的著作《白楊樹上有藍天》。又來了！札幌、旭川，這些「冰點」城市；又來了！富裕的醫生家庭；又來了！人性在沉溺與良知間的掙扎，而最後卻在良善的宗教意識中，使無奈的生活透出曙光。三蒲女士不愧是一流作家，此本與她的成名作《冰點》雖創作的環境背景相似，但故事情節、內容結構卻截然不同，帶給讀者新的情趣。章章高潮迭起，節節懸疑，讓讀者一直弔著好奇，直到尾聲，高懸的心才落地，落入一淨潔的境界中……癡癡四個晚上，就如此精采地去北海道「遊」一趟回來後，居然戀日情懷未減，再瞄上黑柳徹子的《窗口邊的豆豆》——

這是八〇年代日本最受歡迎的排行版暢銷書。敘述二次大戰末期一位偉大教育家小林宗作先生，遊學歐美歸來，在東京創立了一特殊學童的桃花源，使每位小孩都受到尊重與關愛，沒有刻板的教條規章，校園洋溢著活潑生趣，學子們都興奮滿滿地進來，再戀戀不捨地回家……可惜此「巴氏學園」在大戰期間毀於砲火，從此在地球上消失。而在其學生之一豆豆（即黑柳徹子，日本電視界名主持人）的回憶中復活。讀者隨她進入電車型的教室、隨她去野餐、隨她去露營……她的好動頑皮，在此得到最美的舒解。卻仍解不了我的東瀛情牽。書都快看完，而心中仍是驅不散的「京思」。是那份含斂典雅、溫柔有禮，是隱隱然的漢唐遺風，已在前世纏繞？

奇的是，旅遊期間，一點兒也不想念亞特蘭大。大概原就來自東方，對洋邦較難培養出深厚的感情吧？記得去年回來後，仍滿腦子新中街和民權公園。這回日本之行歷後，倒遮去了寶島的光采。雖陽明山之遊也歷歷如繪，仍比不過神戶元町呵！

二〇一〇年七月十七日

美哉！桃園機場

每次回到寶島台灣，桃園機場的一切，總給我非常好的印象。這種「好」，不是主觀的，不是一廂情願的，而的確經過一番比較後得來。

先說一踏出機門，走道上就有數位面容可親而認真的服務員在指引入境旅客，讓人覺得踏實的溫暖。到了查驗護照處，一字排開的數十櫃台，進行著效率化的親切服務，從沒讓旅客不耐久等，總是輕易順暢過關。在美國入關時，折騰過；在日本入關時，久等過，還得驗手印。桃園機場的簡便，顯示對旅客的信賴與尊重。

記得去年夏天入境領取行李時，曾長候四十分鐘之久。未料到這次桃園機場已大大改進，行李的兜繞圈加大了數倍，使諸多行李得以同時「亮相」。我在一分鐘內已取到兩件行李，快得不敢置信。往往拉著行李，可輕鬆地來到外面，從未遭到攔阻檢查。一切簡便，真美！

離台出關時，其安全檢查也從簡，不用像在美國那般如臨大敵，還得脫鞋子（在日本也不用），取出液狀物，又遭搜身地擾人。在長長的走道上，一路走到候機門時，會經過兩旁諸多精心設計的美麗櫥窗和店飾，還有不少突顯台灣特色的生動作品，如水牛、高山族草屋等等，在在告知世人，台灣有多美！我多希望亞特蘭大機場在入境處能飄出《亂世佳人》的主題曲，相信外客會更迷戀。而桃園機場沒讓商人咨意作廣告，卻充份發揮了寶島風格的藝術美，是相當成功的機場經營。

由一次次的返台中，感受到台灣在不斷的自省革新，在競爭激烈的世界舞台上，優雅亮相，可喜可賀！

二〇一〇年六月二十二日

華語雄風

隨我去慈濟讀四年中文的小女艾梅，上了大學，才漸感中文之重要，深悔過去的間斷，在修完所有學分後，於最後一年，再度選修中文及書法，並央求我在今年五月，也帶她回台灣，去吸吸華語氣氛。

想不到她還不用抵達桃園機場，就在亞特蘭大的候機門，就在大批旅客等候達美直飛東京的航班時，她已聽聞了不少華語，在前後左右裊繞。原來目的地雖是成田機場，日本旅客倒不多，反有不少華人要去東京轉機，有的要去大陸，有的要去香港，有的要去新加坡，甚或越南、泰國等地，其共同點是：他們都說華語！一時場面熱絡溫馨，真慶幸自己懂華語，各方旅客，像是一家人。真應了文化學校陳董事長在結業典禮上的一席話：「今天若你會說英語、西語和華語，就可以和全世界半數以上的人口溝通。」一出發前一週，才忙完文化學校的結業典禮，他的話語仍在耳畔，由我在旅途中處處印證著。

此班任重道遠的達美航機，不幸在飛離美國本土前，即因機件故障，得掉頭飛回明尼蘇達。當晚，四百多位乘客在Minneapolis機場排隊苦候旅舍的分配。我們在長龍中久等了兩個多小時，才分到Ramada Inn。來到外面等旅館的shuttle bus時，看到好多華裔旅客也在那兒交談著。身旁一位年輕女客牽著個可愛的小女娃，這小女娃好像對她媽媽一陣拉扯，她媽媽捲著北方話說道：「什麼？妳又要上一號？——妳就憋著吧！」我覺得好笑，帶小孩兒真不簡單，時間都近午夜了，怎能再錯過旅館的車？不一會兒，這對母女已經消失，果然尋洗手間去了嗎？好長一段時間，才見她們姍姍走來，我笑對那媽媽說：「妳不是要她憋著嗎？」幸好車子還沒來。

在旅館飽睡一夜後，次日早晨，再接受磨練，全機四百多位旅客得排隊重領登機證。這下真的是大排長龍，不遜於昨晚。偏櫃台只有兩位服務員，我和艾梅輪流換班看提包和背包，輪流離隊去溜達，才打發了冗長的三小時等候。沿途上機、下機地跟著這個「華語集團」行動，雖共患難而不覺苦，因聽聞了不少故事，都是語言帶來的溫馨呵！

回到台灣，語言上對我是如魚得水，管它國語、台語都沒問題。倒苦了以英文為主的艾梅。幸年輕人學得快，一週後，內向的艾梅已可以用國語對她三舅媽說：「菜很好吃，謝謝！」

目前在海外，不知有多少華人的下一代，在被迫著學中文，學得苦兮兮；也不知有多少中文老師，在賣力地教中文，教得苦兮兮。在脫離了「這個字，寫二十遍！」的傳統教法後，身為科技時代的中文老師還得不時上僑委會的全球華文網去搜尋擷取教材、準備有趣教具、年年接受電腦研習，竭盡所能地多面充電，數管齊下地「多媒體」一番，中文教學之苦，若非絕後，已是空前了。可惜賣力的老師多，而勤奮的學生少（這年頭學生要學的太多了，豈能專攻中文？），成為海外中文教學的普遍現象。就得等這批學子上了大學，接觸到大環境，才想回頭去拾取我們老祖宗的至寶：這世界最美的文字，這世界最多人在用的語言！

二〇一〇年六月三十日

語言文學類　PG0579

春風伴我行

作　　者 / 藍　晶
責任編輯 / 孫偉迪
圖文排版 / 陳宛鈴
封面設計 / 王嵩賀

發 行 人 / 宋政坤
法律顧問 / 毛國樑　律師
印製出版 / 秀威資訊科技股份有限公司
114台北市內湖區瑞光路76巷65號1樓
電話：+886-2-2796-3638　傳真：+886-2-2796-1377
http://www.showwe.com.tw
劃撥帳號 / 19563868　戶名：秀威資訊科技股份有限公司
讀者服務信箱：service@showwe.com.tw
展售門市 / 國家書店（松江門市）
104台北市中山區松江路209號1樓
電話：+886-2-2518-0207　傳真：+886-2-2518-0778
網路訂購 / 秀威網路書店：http://www.bodbooks.com.tw
國家網路書店：http://www.govbooks.com.tw
圖書經銷 / 紅螞蟻圖書有限公司
114台北市內湖區舊宗路二段121巷28、32號4樓
電話：+886-2-2795-3656　傳真：+886-2-2795-4100

2011年7月BOD一版
定價：210元

國家圖書館出版品預行編目

春風伴我行 / 藍晶著. -- 一版. -- 臺北市 : 秀威資訊科技, 2011.07
面； 公分.
BOD版
ISBN 978-986-221-763-4 (平裝)

855 100009197

讀者回函卡

感謝您購買本書，為提升服務品質，請填妥以下資料，將讀者回函卡直接寄回或傳真本公司，收到您的寶貴意見後，我們會收藏記錄及檢討，謝謝！

如您需要了解本公司最新出版書目、購書優惠或企劃活動，歡迎您上網查詢或下載相關資料：http:// www.showwe.com.tw

您購買的書名：____________________

出生日期：________年________月________日

學歷：□高中（含）以下　□大專　□研究所（含）以上

職業：□製造業　□金融業　□資訊業　□軍警　□傳播業　□自由業
　　□服務業　□公務員　□教職　□學生　□家管　□其它_____

購書地點：□網路書店　□實體書店　□書展　□郵購　□贈閱　□其他

您從何得知本書的消息？

□網路書店　□實體書店　□網路搜尋　□電子報　□書訊　□雜誌
□傳播媒體　□親友推薦　□網站推薦　□部落格　□其他________

您對本書的評價：（請填代號　1.非常滿意　2.滿意　3.尚可　4.再改進）

封面設計____　版面編排____　內容____　文／譯筆____　價格____

讀完書後您覺得：

□很有收穫　□有收穫　□收穫不多　□沒收穫

對我們的建議：____________________

____

____

____

請貼
郵票

11466
台北市內湖區瑞光路 76 巷 65 號 1 樓
秀威資訊科技股份有限公司 收
BOD 數位出版事業部

（請沿線對折寄回，謝謝！）

姓　　名：__________ 年齡：______ 性別：□女　□男

郵遞區號：□□□□□

地　　址：__________

聯絡電話：(日)__________ (夜)__________

E-mail：__________